劳动和社会保障部全国计算机信息高新技术考试指定教材

U0107697

因特网应用（Internet Explorer 6.0 平台）

试题汇编

★ 因特网操作员级 ★

修订版

国家职业技能鉴定专家委员会
计算机专业委员会　　编写

科学出版社
www.sciencep.com

北京希望电子出版社
Beijing Hope Electronic Press
www.bhp.com.cn

内 容 简 介

由劳动和社会保障部职业技能鉴定中心在全国统一组织实施的全国计算机信息高新技术考试是面向广大社会劳动者举办的计算机职业技能考试，考试采用国际通行的专项职业技能鉴定方式，测定应试者的计算机应用操作能力，以适应社会发展和科技进步需要。

本书包含了全国计算机信息高新技术考试因特网应用模块（Internet Explorer 6.0 平台）因特网操作员级试题库的全部试题，经国家职业技能鉴定专家委员会计算机专业委员会审定，考生考试时所做题目从中随机抽取。本书既可供正式考试时使用，也可供考生考前练习之用，是参加全国计算机信息高新技术考试因特网应用模块（Internet Explorer 6.0 平台）因特网操作员级考试的考生人手一册的必备技术资料。

本书供考评员和培训教师在组织培训、操作练习和自学提高等方面使用。还可供广大读者学习因特网应用知识、自测因特网操作技能使用，也是各级各类大中专院校、技校、职高作为因特网技能培训与测评的参考书。

按全国计算机信息高新技术考试的有关规定，本试题汇编配套考试题库的全部素材和考务文件由各考试站在考试时提供给考生考试和评分员判分使用。为方便考生考前练习，本书配套光盘提供 40% 的题库素材。

图书在版编目（CIP）数据

因特网应用（Internet Explorer 6.0 平台）试题汇编：因特网操作员级/国家职业技能鉴定专家委员会计算机专业委员会编写. —北京：科学出版社，2008.10

劳动和社会保障部全国计算机信息高新技术考试指定教材

ISBN 978-7-03-022986-1

Ⅰ. 因… Ⅱ. 国… Ⅲ. 因特网—浏览器，Internet Explorer 6.0—技术培训—习题 Ⅳ. TP393.409.2-44

中国版本图书馆 CIP 数据核字（2008）第 140907 号

责任编辑：杨　波　　／责任校对：范二朋
责任印刷：双　青　　／封面设计：康　欣

科 学 出 版 社 出版
北京东黄城根北街 16 号
邮政编码：100717
http://www.sciencep.com

双 青 印 刷 厂 印刷

科学出版社发行　各地新华书店经销

*

2008 年 10 月第 二 版　　开本：787×1092 1/16
2008 年 10 月第一次印刷　　印张：13 1/2
印数：1-3000 册　　字数：292 千字

定价：35.00 元（配 1 张光盘）

全国计算机信息高新技术考试
因特网应用（Internet Explorer 6.0 平台）

命题组成员

蔡红柳　何新华　刘　挺　王维峰

陆　征　王小振　杨　波　陆卫民

郑明红　罗　军　金志农　奚　昕

段之颖

全国计算机信息高新技术考试简介

全国计算机信息高新技术考试是劳动和社会保障部为适应社会发展和科技进步的需要，提高劳动力素质和促进就业，加强计算机信息高新技术领域新职业、新工种职业技能鉴定工作，授权劳动和社会保障部职业技能鉴定中心在全国范围内统一组织实施的社会化职业技能考试。根据劳动和社会保障部职业技能开发司、劳动和社会保障部职业技能鉴定中心劳培司字[1997]63 号文件，"考试合格者由劳动和社会保障部职业技能鉴定中心统一核发计算机信息高新技术考试合格证书。该证书作为反映计算机操作技能水平的基础性职业资格证书，在要求计算机操作能力并实行岗位准入控制的相应职业作为上岗证；在其他就业和职业评聘领域作为计算机相应操作能力的证明。通过计算机信息高新技术考试，获得操作员、高级操作员资格者，分别视同于中华人民共和国中级、高级技术等级，其使用及待遇参照相应规定执行；获得操作师、高级操作师资格者参加技师、高级技师技术职务评聘时分别作为其专业技能的依据"。

开展这项工作的主要目的，就是为了推动高新技术在我国的迅速普及，促使其得到推广应用，提高应用人员的使用水平和高新技术装备的使用效率，促进生产效率的提高；同时，对高新技术应用人员的择业、流动提供一个应用水平与能力的标准证明，以适应劳动力的市场化管理。

根据职业技能鉴定要求和劳动力市场化管理需要，职业技能鉴定必须做到操作直观、项目明确、能力确定、水平相当且可操作性强的要求。因此，全国计算机信息高新技术考试采用了一种新型的、国际通用的专项职业技能鉴定方式。根据计算机不同应用领域的特征，划分模块和系列，各系列按等级分别独立进行考试。

目前划分了五个级别：

序号	级别	与国家职业资格对应关系
1	高级操作师级	中华人民共和国职业资格证书国家职业资格一级
2	操作师级	中华人民共和国职业资格证书国家职业资格二级
3	高级操作员级	中华人民共和国职业资格证书国家职业资格三级
4	操作员级	中华人民共和国职业资格证书国家职业资格四级
5	初级操作员级	中华人民共和国职业资格证书国家职业资格五级

目前划分了 15 个模块，38 个系列：

序号	模块	模块名称	编号	平台
1		初级操作员	001	Windows/Office
2	00	办公软件应用	002	Windows 平台（MS Office）
			003	Windows 平台（WPS）
3	01	数据库应用	011	FoxBASE+平台
			012	Visual FoxPro 平台
			013	SQL Server 平台
			014	Access 平台
4	02	计算机辅助设计	021	AutoCAD 平台
			022	Protel 平台
5	03	图形图像处理	031	3D Studio 平台
			032	Photoshop 平台

序号	模块	模 块 名 称	编号	平 台
5	03	图形图像处理	034	3D Studio MAX 平台
			035	CorelDRAW 平台
			036	Illustrator 平台
6	04	专业排版	041	方正书版、报版平台
			042	PageMaker 平台
			043	Word 平台
7	05	因特网应用	051	Netscape 平台
			052	Internet Explorer 平台
			053	ASP 平台
8	06	计算机中文速记	061	听录技能
9	07	微型计算机安装调试维修	071	IBM-PC 兼容机
10	08	局域网管理	081	Windows NT 平台
			082	Novell NetWare 平台
11	09	多媒体软件制作	091	Director 平台
			092	Authorware 平台
12	10	应用程序设计编制	101	Visual Basic 平台
			102	Visual C++平台
			103	Delphi 平台
			104	Visual C#平台
13	11	会计软件应用	111	用友软件系列
			112	金蝶软件系列
14	12	网页制作	121	Dreamweaver 平台
			122	Fireworks 平台
			123	Flash 平台
			124	FrontPage 平台
15	13	视频编辑	131	Premiere 平台
			132	After Effects 平台

根据计算机应用技术的发展和实际需要，考核模块将逐步扩充。

全国计算机信息高新技术考试密切结合计算机技术迅速发展的实际情况，根据软硬件发展的特点来设计考试内容和考核标准及方法，尽量采用优秀国产软件，采用标准化考试方法，重在考核计算机软件的操作能力，侧重专门软件的应用，培养具有熟练的计算机相关软件操作能力的劳动者。在考试管理上，采用随培随考的方法，不搞全国统一时间的考试，以适应考生需要。向社会公开考题和答案，不搞猜题战术，以求公平并提高学习效率。

全国计算机信息高新技术考试特别强调规范性，劳动和社会保障部职业技能鉴定中心根据"统一命题、统一考务管理、统一考评员资格、统一培训考核机构条件标准、统一颁发证书"的原则进行质量管理，每一个考核模块都制定了相应的鉴定标准和考试大纲，各地区进行培训和考试都执行统一的标准和大纲，并使用统一教材，以避免"因人而异"的随意性，使证书获得者的水平具有等价性。为适应计算机技术快速发展的现实情况，不断跟踪最新应用技术，还建立了动态的职业鉴定标准体系，并由专家委员会根据技术发展进行拟定、调整和公布。

考试咨询网站：www.citt.org.cn 培训教材咨询电话：010-82702660，010-62978181

出 版 说 明

全国计算机信息高新技术考试是劳动和社会保障部为适应社会发展和科技进步的需要，提高劳动力素质和促进就业，加强计算机信息高新技术领域新职业、新工种职业技能鉴定工作，授权劳动和社会保障部职业技能鉴定中心在全国范围内统一组织实施的社会化职业技能鉴定考试。

根据职业技能鉴定要求和劳动力市场化管理需要，职业技能鉴定必须做到操作直观、项目明确、能力确定、水平相当且可操作性强的要求，因此，全国计算机信息高新技术考试采用了一种新型的、国际通用的专项职业技能鉴定方式。根据计算机不同应用领域的特征，划分了模块和平台，各平台按等级分别独立进行考试，应试者可根据自己工作岗位的需要，选择考核模块和参加培训。

全国计算机及信息高新技术考试特别强调规范性，劳动和社会保障部职业技能鉴定中心根据"统一命题、统一考务管理、统一考评员资格、统一培训考核机构条件标准、统一颁发证书"的原则进行质量管理。每一个考试模块都制定了相应的鉴定标准和考试大纲，各地区进行培训和考试都执行统一的标准和大纲，并使用统一教材，以避免"因人而异"的随意性，使证书获得者的水平具有等价性。

为保证考试与培训的需要，每个模块的教材由两种指定教材组成。其中一种是汇集了本模块全部试题的《因特网应用（Internet Explorer 6.0 平台）试题汇编》，另一种是用于系统教学使用的《因特网应用（Internet Explorer 平台）Internet Explorer 6.0 职业技能培训教程》。

本书是劳动和社会保障部全国计算机信息高新技术考试因特网应用模块（Internet Explorer 6.0 平台）因特网操作员级试题库的试卷部分，由因特网应用模块（Internet Explorer 6.0 平台）因特网操作员级考试命题组编写，国家职业技能鉴定专家委员会计算机专业委员会审定。

本书根据《全国计算机信息高新技术因特网应用技能培训和鉴定标准》及《因特网应用模块（Internet Explorer 6.0 平台）因特网操作员级考试大纲》编写，供各考试站组织培训、考试使用。本书汇集了全部试题，分 8 个单元。考试时，考生根据选题单上的题号，选择题目，按照操作要求和样文，调用计算机中考试前已安装的题库电子文件，完成相应题目。因此，只要熟练掌握本书中的全部试题，通过事先大量的练习，可达到使考生既通过考试，又熟练掌握计算机应用技能的目的。

本书也能为社会各界组织计算机应用考试、检测因特网应用能力提供考试支持，为各级各类学校组织计算机教学与考试提供题源，为自学者提供学习的主要侧重点和实际达到能力的检测手段。

本书执笔人为：蔡红柳、何新华、刘挺、王维峰、陆征、王小振。

关于本书的不足之处，敬请批评指正。

考试说明

为了避免考生在考试中因非技能因素影响考试成绩，特此将考试时值得注意的问题说明如下，请考生在考试前仔细阅读本考试说明，正式考试时按照本考试说明正确建立考生目录并拷屏操作结果、保存考试结果文件。

一、考生目录

在"资源管理器"中 C 盘根目录下新建一个目录，目录名称为考生准考证号后 7 位数字。例如：考生准考证号为 0241078610024000532，则考生目录名为 4000532，如下图所示。

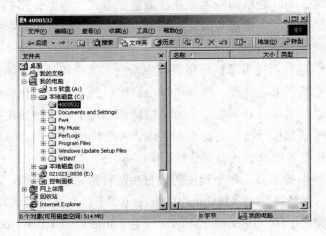

二、选择题考试说明

启动考试系统，在登录窗口输入考生姓名和准考证号（考生准考证号的后 7 位），单击"确定"按钮即可生成试卷，如果是第二次进入，系统会提示考生试卷已经存在，单击 Yes 按钮继续使用该试卷，单击 No 按钮重新生成试卷。试卷答完之后，单击"保存"按钮保存答题结果。详细说明请进入考试系统后查看"帮助"。

三、拷屏

操作题部分（第二单元至第八单元）的拷屏，直接按键盘上的 PrintScreen 键，然后打开"画图"程序将其粘贴到"画图"中，以指定的文件名保存到考生目录下。

四、补充说明

因网络技术在不断发展，网站也在不停地更新、变化，各考试站的考评组在组织正式考试时，如果发现本书试题中所涉及网站无法登录，或因网站变化导致考试无法继续进行，请各考试站的考评组按考试大纲的要求根据当时情况为考生指定操作对象，并将具体修改结果及时反馈给考试站管理机构。

目　录

第一单元 Internet 基础知识

【答题说明】 各题只有一个正确答案，请单选。

1. 严格说来，Internet 中所提到的服务器是指一个（　　）。

    A. 计算机

    B. 计算机网络

    C. Internet 服务商

    D. 通信协议

2. Internet 起源于（　　）。

    A. 美国国防部 ARPANet

    B. 美国科学基金

    C. 英国剑桥大学

    D. 欧洲粒子物理实验室

3. Internet 在我国得到了迅猛发展，目前国内 Internet 主要由（　　）大互联网络组成。

    A. 三

    B. 四

    C. 五

    D. 六

4. 下列哪一项不是组成网络所必须的设备？（　　）

    A. 计算机系统

    B. 网络适配器

    C. 传输介质

    D. 数字摄像机

5. Internet 是一个（　　）。

    A. 单一网络

    B. 国际性组织

    C. 电脑软件

    D. 网络的集合

6．下列哪一项不是连接 Internet 所必须的？（　　　）

    A．电话线

    B．调制解调器

    C．打印机

    D．登录账号

7．Internet 在中国的发展始于（　　　）。

    A．20 世纪 60 年代

    B．20 世纪 70 年代

    C．20 世纪 80 年代

    D．20 世纪 90 年代

8．以下哪一项不是 Internet 的主要功能（　　　）。

    A．共享资源

    B．保证信息安全

    C．交流信息

    D．发布和获取信息

9．Internet 是一个（　　　）。

    A．国际标准

    B．网络协议

    C．信息系统

    D．网络的集合

10．Internet 是一个计算机互连网络，由分布在世界各地的数以万计的、各种规模的计算机网络，借助于网络互连设备（　　　）相互连接而成。

    A．服务器

    B．终端

    C．路由器

    D．网卡

11．Internet 最早起源于什么时期？（　　　）

    A．第二次世界大战中

    B．60 年代末期

    C．80 年代中期

    D．90 年代初期

12. 从室外进来的电话线应当和（ ）相连接。

　　A. 计算机的串口

　　B. 计算机的并口

　　C. 调制解调器上标有 Phone 的接口

　　D. 调制解调器上标有 Line 的接口

13. 下列哪一项不是目前我国接入 Internet 的常用方式？（ ）

　　A. 拨号 PPP 方式

　　B. 专线接入

　　C. ISDN 方式接入

　　D. 机顶盒

14. 域名服务器上存放着 Internet 主机的（ ）。

　　A. 域名

　　B. IP 地址

　　C. 电子邮件地址

　　D. 域名和 IP 地址的对照表

15. 调制解调器用来（ ）。

　　A. 在普通电话线上发送和接收数据

　　B. 语音识别

　　C. 联接计算机和局域网

　　D. 字符识别

16. 下列哪一个描述是 Internet 的比较正确的定义？（ ）

　　A. 一种内部网络结构

　　B. 一个由许多网络组成的网络

　　C. TCP/IP 协议栈

　　D. OSI 模型下三层

17. 提供 Internet 接入服务的公司或机构，称为 Internet 服务提供商，简称 ISP。下列哪项不是 ISP 所必须具备的条件？（ ）

　　A. 有专线与 Internet 相连

　　B. 有运行各种 Internet 服务程序的主机，可以随时提供各种服务

　　C. 有 IP 地址资源，可以给申请接入的计算机用户分配 IP 地址

　　D. 有大量的网卡

18. Internet 由美国阿帕网（ARPANet）发展而来，下列哪项描述不正确？
    （　　　）
    A. Internet 专指全球最大的、最开放的、由众多网络相联而成的计算机网络
    B. Internet 在中国的发展始于 20 世纪 90 年代
    C. Internet 主要采用 TCP/IP 协议
    D. Internet 主要采用 IPX 协议

19. Internet 采用了目前在分布式网络中最为流行的（　　　）方式，大大增加了网络信息服务的灵活性。
    A. 主机
    B. 仿真终端
    C. 客户/服务器
    D. 拨号 PPP

20. 以下哪一项不是 Internet 服务商（ISP）提供的服务？（　　　）
    A. 为用户提供 Internet 接入服务
    B. 信息发布代理服务
    C. 电子邮件服务
    D. 管理 Internet 服务

21. TCP/IP 是（　　　）。
    A. 一组通信协议
    B. 计算机网络
    C. Internet 服务商
    D. 文字编辑软件

22. TCP 协议是（　　　）。
    A. 简单邮件传输议
    B. 超文本传输协议
    C. 文件传输协议
    D. 传输控制协议

23. IP 地址 11001010.01100011.01100000.01001100 属于哪一类？（　　　）
    A. A 类
    B. B 类

C. C 类

D. E 类

24. IP 地址由 32 位二进制数值组成，为记忆方便，通常采用十进制标记，现有十进制 IP 地址：10.29.120.6

如用二进制表示法表示应为以下哪一项？（　　）

A. 00001010.00011101.01111000.00000110

B. 00001010.00011101.01111000.00000100

C. 00001010.00011101.01111000.00000101

D. 00001010.00011101.01111000.11100110

25. 在 Internet 上 IP 地址被分为 A、B、C、D、E 五类，其中 C 类（　　）。

A. 主要用于小型局域网

B. 主要用于不超过 254 台主机的网络

C. 是一个实验地址，它保留给将来使用

D. 主要用于拥有大量主机的网络

26. 目前的 Internet 网络上，IP 地址由四个字节组成，为了阅读方便，字节与字节之间采用（　　）符号分隔。

A. 。

B. /

C. :

D. .

27. 在 Internet 上 IP 地址被分为 A、B、C、D、E 五类，其中 E 类（　　）。

A. 主要用于小型局域网

B. 主要用于中等规模的网络

C. 主要用于拥有大量主机的网络

D. 是实验地址，它保留给将来使用

28. 在 Internet 中传送的 IP 数据包由几部分组成，其中不包括以下哪一项？

（　　）

A. 用户口令

B. 源计算机地址

C. 目标计算机地址

D. 正文

29．TCP/IP 是（　　　）。

　　A．操作系统

　　B．计算机网络

　　C．Internet 服务商

　　D．Internet 采用的传输协议

30．TCP/IP 协议，可以工作在（　　　）上。

　　A．必须是同类型结构网络、同类型的操作系统

　　B．可以是不同类型结构网络、但必须是使用相同类型的操作系统的不同类型的计算机

　　C．必须是同类型结构网络，不同类型的计算机，使用相同操作系统的用户

　　D．不同类型结构网络、不同类型的计算机、使用不同操作系统的用户

31．TCP 的主要功能是（　　　）。

　　A．进行数据分组

　　B．保证可靠传输

　　C．确定数据传输路径

　　D．提高传输速度

32．Internet 采用下列哪种网络协议？（　　　）

　　A．Novell IPX ODI 协议

　　B．TCP/IP 协议

　　C．IPX/SP 兼容协议

　　D．Banyan VINES ethernet 协议

33．IP 地址 11000110.00010111.11011011.00000111 属于（　　　）IP 地址。

　　A．A 类

　　B．B 类

　　C．C 类

　　D．D 类

34．IP 地址由 32 位二进制数值组成，为记忆方便，通常采用十进制标记，现有二进制 IP 地址：00001010.00011101.01111000.00000110

　　如用十进制表示法表示应为以下的哪一项？（　　　）

　　A．10.29.120.4

B. 10.29.120.5

    C. 10.29.120.6

    D. 10.29.120.7

35. 在 Internet 上 IP 地址被分为 A、B、C、D、E 五类，其中 A 类（　　　）。

    A. 主要用于小型局域网

    B. 主要用于中等规模的网络

    C. 主要用于拥有大量主机的网络

    D. 是一个实验地址，它保留给将来使用

36. 在目前使用的 Internet 中，为了适应不同的网络规模，将 IP 地址分成（　　　）类。

    A. 四

    B. 五

    C. 六

    D. 七

37. 在目前使用的 Internet 中，IP 地址是由一组（　　　）的二进制数字组成。

    A. 8 位

    B. 16 位

    C. 32 位

    D. 64 位

38. 当路由器由于到达的数据包过多而引起超载的时候，路由器一般会采取以下哪种措施？（　　　）

    A. 改变数据包的路径

    B. 自动关机

    C. 丢弃数据报

    D. 等待路径恢复正常

39. 在 Internet 上 IP 地址被分为 A、B、C、D、E 五类，其中 D 类（　　　）。

    A. 主要用于小型局域网

    B. 主要用于中等规模的网络

    C. 通常用于已知的多点传送或者组的寻址

    D. 是一个实验地址，它保留给将来使用

40. 在 Internet 中传输的每个分组必须符合（　　）定义的格式。

    A．IP

    B．Windows

    C．TCP

    D．DOS

41. 以下哪个主机地址所代表的主机在地理位置上是属于中国的？（　　）

    A．microsoft.us

    B．ibm.il

    C．nec.com

    D．bat.cn

42. 有两台主机，它们的 IP 地址分别是 192.114.81.1 和 168.113.81.1，它们属（　　）。

    A．同一逻辑网络

    B．不同逻辑网络

    C．同一区域

    D．不同区域

43. 每个申请 Internet 的国家都可作为顶级域，并向 NIC 注册顶级域名，cn、us、fr、jp 分别代表（　　）。

    A．中国、俄罗斯、英国、日本

    B．中国、美国、法国、日本

    C．中国、美国、英国、日本

    D．中国、俄罗斯、英国、法国

44. 主机域名 people.tpt.bj.cn 由 4 个子域组成，其中哪个子域代表最高层域（　　）？

    A．people

    B．tpt

    C．bj

    D．cn

45. 域名系统（DNS）把整个 Internet 划分成多个顶级域，其中 com、edu、gov、mil 分配给（　　）。

    A．商业组织、教育机构、政府部门、邮政部门

B．商业组织、教育机构、政府部门、军事部门

C．通信部门、教育机构、政府部门、军事部门

D．商业组织、教育机构、政府部门、铁路部门

46．在域名系统中主机域名 linda.cs.yale.edu 由 4 个子域组成，其中哪个子域代表最高层域？（　　　）

A．linda

B．cs

C．yale

D．edu

47．DNS 顶级域名一般分成两类：组织上的和物理上的，com、edu、gov、org 分别代表（　　　）。

A．商业组织、教育机构、军队、非赢利性组织

B．通信组织、教育机构、政府、非赢利性组织

C．通信组织、网间连接组织、政府、非赢利性组织

D．商业组织、教育机构、政府、非赢利性组织

48．域名与 IP 地址通过（　　　）转换。

A．DNS

B．WWW

C．E-mail

D．FTP

49．每个申请 Internet 的国家都可作为顶级域，并向 NIC 注册顶级域名，cn、au、ca、de 分别代表（　　　）。

A．中国、澳大利亚、加拿大、德国

B．中国、美国、加拿大、德国

C．中国、美国、英国、加拿大

D．中国、澳大利亚、加拿大、法国

50．每个申请 Internet 的国家都可作为顶级域，并向 NIC 注册顶级域名，cn、ru、in、jp 分别代表（　　　）。

A．中国、俄罗斯、英国、日本

B．中国、俄罗斯、印度、日本

C．中国、美国、英国、日本

D．中国、俄罗斯、印度、法国

51. DNS 把整个 Internet 划分成多个域，每个申请 Internet 的国家都可作为一个（　　）。

    A．三级域

    B．二级域

    C．顶级域

    D．根域

52. Internet 中的每台主机至少有一个 IP 地址，而且这个 IP 地址（　　）。

    A．必须是全网唯一的

    B．不必是全网唯一的

    C．可以与其他主机 IP 地址相同

    D．是方便记忆的

53. 在 DNS 域名空间树的最上面是一个无名根域，在根域之下就是顶级域名。顶级域名一般分成两类：（　　）。

    A．管理上的和地理上的

    B．组织上的和区域上的

    C．组织上的和地理上的

    D．管理上的和区域上的

54. 以下哪个主机 IP 地址不是一个合法的 IP 地址？（　　）

    A．01011010.00110011.01100010.10101100

    B．11101110.11011011.11100000.10001100

    C．00000000.01100011.01100000.10001100

    D．10011110.11100011.01100100.00001100

55. 有两台主机，它们的 IP 地址分别是 168.113.81.1 和 168.113.81.44，它们属（　　）。

    A．同一逻辑网络

    B．不同逻辑网络

    C．同一区域

    D．不同区域

56. DNS 是 Internet 上的域名系统的简称，以下哪一项叙述是错误的？（　　）

    A．DNS 的核心是分级的、基于域的命名机制的分布式数据库系统

B．DNS 主要用来将把主机名映射为 IP 地址

C．DNS 把域名的顶层域分为两大类：通用的和国家的

D．每个顶层域中只能包括一个主机

57．源主机发出 IP 数据包时，（ ），到达目的主机。

A．只需指明第一个路由器，而后数据包在 Internet 可沿任何路径传输

B．必须指出在 Internet 中唯一一条路径传输

C．选出 Internet 几个主要路径传输

D．只需指明一条路径传输

58．主机域名 people.tpt.bj.cn 由 4 个子域组成，哪个子域代表主机名（ ）。

A．people

B．tpt

C．bj

D．cn

59．主机号码 01011010.00000011.01100000.00101100 的十进制表达式，应当是以下哪一项？（ ）

A．88.3.78.36

B．90.3.96.44

C．76.3.94.42

D．80.3.78.44

60．一主机在 192.168.25.0 的网段上，IP 地址为 192.168.25.3，其中子网掩码为（ ）。

A．255.255.255.0

B．255.255.0.255

C．255.0.255.255

D．0.255.255.255

61．World Wide Web 简称万维网，下列叙述正确的是（ ）。

A．在 Internet 上只有 WWW 一种服务工具

B．WWW 是 Internet 的一个子集

C．一个 Web 文档可包含文字、图片、声音和视频片段

D．WWW 是另一种 Internet

62．WWW 起源于（　　　）。

    A．美国国防部

    B．美国科学基金

    C．英国剑桥大学

    D．欧洲粒子物理实验室

63．WWW 网页的最大的特色是它有链接到其他网页的功能，即（　　　）。

    A．动画功能

    B．视频功能

    C．超文本链接

    D．呼叫功能

64．某一 Web 服务器中的一个页面的 URL 为 http://www.nankai.edu.cn/ index.html，哪一段表示服务器的主机名？（　　　）

    A．http

    B．www

    C．www.nankai.edu.cn

    D．index.html

65．World Wide Web 简称 WWW，下列叙述错误的是（　　　）。

    A．WWW 起源于 1989 年的欧洲粒子物理研究室

    B．WWW 的文档也简称为页面

    C．一个 WWW 的页面可包含文字、图片、声音和视频片段

    D．WWW 是另一种 Internet

66．万维网服务采用客户/服务器的工作模式，浏览器是（　　　）。

    A．网络操作系统

    B．万维网服务的客户端浏览程序

    C．Internet 服务商

    D．是 Internet 采用的传输协议

67．在浏览器上统一资源定位符为 http://www.nankai.edu.cn/index.html，其中哪一段表示所采用的协议。（　　　）

    A．http:

    B．www

    C．www.nankai.edu.cn

    D．index.html

68．以下统一资源定位符（URL）三部分组成的顺序正确的是（　　）。（从左到右）

A．协议、主机名、路径及文件名

B．路径及文件名、协议、主机名

C．主机名、协议、路径及文件名

D．协议、路径及文件名、主机名

69．在 Internet 中，以下哪个英文单词与超文本链接相关联？（　　）

A．WWW

B．FT

C．Telnet

D．Gopher

70．以下哪个 URL 的写法是完全正确的？（　　）

A．http:/www.abc.com\sale\sale.htm

B．http//www.abc.com\sale\sale.htm

C．http://www.abc.com/sale/sale.htm

D．http//www.abc.com/sale/sale.htm

71．统一资源定位符 URL 为 http://www.chl.com/index.htm，其中哪一段表示服务器的主机名？（　　）

A．http://

B．www.chl.com/index.htm

C．www.chl.com

D．index.htm

72．超文本的含义是（　　）。

A．该文本中包含有图像

B．该文本中包含有声音

C．该文本中包含有二进制字符

D．该文本中有链接到其他文本的链接点

73．WWW 通过（　　）向用户提供多媒体信息，所提供信息的基本单位是网页。

A．简单邮件传输协议

B．超文本传输协议

C．文件传输协议

D．网络管理协议

74．HTML 的正式名称是（　　　）。

　　A．主页制作语言

　　B．超文本标识语言

　　C．WWW 编程语言

　　D．Internet 编程语言

75．下面是一些 Internet 上常见的文件类型，其中（　　　）一般代表 Web 页面文件。

　　A．htm 或 html

　　B．txt 或 text

　　C．gif 或 jpeg

　　D．wav 或 au

76．超媒体（Hypermedia），是超文本和（　　　）在信息浏览环境下的结合，是超级媒体的简称。

　　A．数据库

　　B．多媒体

　　C．网络

　　D．协议

77．HTTP 是一种通过 Internet 来传递信息的一种协议。利用该协议，可以使客户程序键入 URL 并从（　　　）检索文本、图形、声音及其他信息。

　　A．邮件服务器

　　B．通信服务器

　　C．Web 服务器

　　D．打印服务器

78．浏览器（Brower），是万维网服务的客户端浏览程序，它可以向万维网服务器发出发送请求，并对服务器发来的、由（　　　）语言定义的超文本信息和各种多媒体数据格式进行解释、显示和播放。

　　A．Pascl

　　B．C

　　C．HTML

　　D．汇编

79．WWW，即万维网，以下哪项叙述不正确。（　　）

    A．WWW 通过 HTTP 向用户提供信息

    B．它是独立于 Internet 之外的另一个网络

    C．它是于欧洲核子物理研究中心研制

    D．是一个基于超文本方式的信息查询工具

80．URL 称之为"统一资源定位器"，是一指定 Internet 服务器中目标定位位置的标准。以下哪个的写法是完全正确的？（　　）

    A．htp:\\www chl.com\lt\abc.htm

    B．http//www. chl.com\lt\abc.htm

    C．http://www. chl.com/lt/abc.htm

    D．http//www. chl.com/lt/abc.htm

81．进入 IE 浏览器需要双击（　　）图标。

    A．网上邻居

    B．网络

    C．Internet

    D．Internet Explorer

82．下列哪一条不是主页（HomePage）的作用？（　　）

    A．访问个人或机构详细信息的入口点

    B．用户通过主页上所提供的链接可以进入到其他页面

    C．WWW 编程环境

    D．是指包含个人或机构基本信息的页面

83．通过 IE6.0 浏览 WWW 页面时，按下列哪个图标可以将页面从打印机上打印出来？（　　）

    A．

    B．

    C．

    D．

84．加速浏览 WWW 的一种常用方法是脱机浏览,脱机浏览一般是:（　　）。

    A．不需任何连接

    B．保证可靠的传输

    C．确定数据传输路径

    D．提高传输速度

85. Internet 临时文件夹用于保存（   ）时所调用过的 Web 页面文本和图像的。

   A. 前几次入网

   B. 下次入网

   C. 上次入网

   D. 本次入网

86. 通过 IE6.0 浏览 WWW 页面时，按下列哪个图标可将页面刷新？（   ）

   A. ▨

   B. ▨

   C. ▨

   D. ▨

87. 在 Web 页面上，任何一个超文本链接点可以是文件中的（   ）。

   以下哪一项有错？

   A. 一个词

   B. 一个词组

   C. 一种颜色

   D. 一张图片

88. 在浏览 Web 网的过程中，用户发现有自己喜欢的 Web 站点，并希望以后多次访问该站点，最简单、最方便的方法是将这个站点（   ）。

   A. 建立浏览历史列表

   B. 建立 Outlook 地址簿

   C. 用笔抄写到笔记本中

   D. 保存到收藏夹中

89. Home Page 指的是 WWW 站点的（   ）。

   A. 网页

   B. 主页

   C. 任意页

   D. 名称

90. 通过 IE6.0 浏览 WWW 页面时，按下列哪个图标可打开历史记录？（   ）

   A. ▨

   B. ▨

   C. ▨

D.

91. 在 IE6.0 浏览器历史记录栏中，历史记录中记录的内容只是（　　）。

A. 网页页面的代码

B. 网页页面的内容

C. 网页的网址信息

D. 网页浏览的时间

92. 在 Web 页中，多媒体信息包括图片、声音、视频信息，此类信息严重影响浏览信息传输速度，为提高浏览速度，用户可选择：（　　）。

A. 传送多媒体信息、又传送文本信息

B. 不传送多媒体信息、只传送文本信息

C. 只传送多媒体信息

D. 不传送文本信息

93. 通过 IE6.0 浏览 WWW 页面时，按下列哪个图标可察看历史记录？（　　）

A.

B.

C.

D.

94. HTML 的正式名称是（　　）。

A. 主页制作语言

B. 超文本标识语言

C. WWW 编程语言

D. Internet 编程语言

95. 打印网页页面，在 IE6.0 浏览器的（　　）菜单中选择打印。

A. 文件

B. 收件箱

C. 附加

D. 发送和接收

96. 超媒体（Hypermedia）的含义是：（　　）。

A. 超级媒体链接

B. 超文本和多媒体在信息浏览环境下的结合

C. 媒体播放器

D. 超级多媒体

97. 已经将自己喜爱的网页添加到收藏夹中，如果需要浏览这些网页，
（   ）。

A. 不用再键入该网页的网址，而只需通过收藏夹就可浏览该网页

B. 需要再键入该网页的网址，才能通过收藏夹浏览该网页

C. 必需重新建立连接

D. 即要重新连接，又要键入该网页的网址

98. 收藏夹中记录的是（   ）。

A. 网页的内容

B. 上网的时间

C. 页面的代码

D. 网页的网址

99. 单击 Internet Explorer 6.0 工具栏中的"历史"按钮，在用户浏览区的左侧出现一个"历史记录"窗口，系统缺省可以保留（   ）天的访问。

A. 10 天

B. 20 天

C. 30 天

D. 40 天

100. Media 不仅可以播放网上的各种文件，还可以播放用户自己计算机上的多种格式的文件。Media 支持的文件格式有很多，以下哪项不是 Media 支持的文件格式？（   ）

A. MP3 文件

B. WAV 文件

C. MPG 文件和 AVl 文件

D. DOC 和 TXT 文件

101. 如果电子邮件到达你的邮箱时，你的电脑没有开机，那么电子邮件将
（   ）。

A. 退回给发信人

B. 保存在服务商的主机上

C. 过一会儿对方再重新发送

D. 永远不再发送

102. POP3 是 Internet 电子邮件的第一个标准，它是（   ）。

    A．接收邮件服务器所采用的协议

    B．发送邮件服务器所采用的协议

    C．控制信件中转方式的协议

    D．简单邮件传输协议

103. 电子邮件的发送者（   ），利用电子邮件应用程序发送电子邮件。

    A．必须在固定时间、固定地点

    B．可以在任何时间、任何地点

    C．必须在固定时间、任何地点

    D．必须在固定地点、任何时间

104. 在以拨号方式入网的情况下，通常用户的电子信箱设立在（   ）。

    A．用户自己的微机上

    B．与用户通信的人的主机上

    C．用户的入网服务商的主机上

    D．根本没有电子邮件信箱

105. Internet 电子邮件服务中，控制信件中转方式的协议称为（   ）协议。

    A．POP3

    B．SMTP

    C．HTTP

    D．TCP/IP

106. 收信人的电子邮件地址，即收信人电子邮件信箱的位置，是（   ）。

    A．收信人的本机硬盘上的一个存诸空间

    B．ISP 的邮件服务器的一个邮件账号

    C．发信人的本机硬盘上的一个存诸空间

    D．以上都不是

107. 客户机中电子邮件应用程序不提供下列哪项功能。（   ）

    A．创建和发送邮件功能

    B．接收、阅读和管理邮件功能

    C．通讯簿管理、收件箱管理功能

    D．信息检索功能

108. 电子邮件的接收端用户（　　），利用电子邮件应用程序从自己的邮箱中读取邮件。

　　A. 必须在固定时间、固定地点

　　B. 可以在任何时间、任何地点

　　C. 必须在固定时间、任何地点

　　D. 必须在固定地点、任何时间

109. 要发送一条电子邮件消息，用户必须提供（　　）。

　　A. 发信人的邮件地址

　　B. 信件加密

　　C. 信件的优先级

　　D. 消息、收件人的邮件地址

110. 与传统的邮政邮件相比，电子邮件的突出优点是：（　　）。

　　A. 方便、快捷和廉价

　　B. 实时、方便和快捷

　　C. 保密、实时和方便

　　D. 保密、实时和廉价

111. 一封电子邮件可以发给（　　）。以下最佳选项是？

　　A. 使用不同类型的计算机，和不同的操作系统的，同类型网络结构下的用户。

　　B. 不同类型的网络用户中，使用不同操作系统的，使用相同类型的计算机的用户。

　　C. 不同类型的网络中，不同类型计算机上，使用相同操作系统的用户。

　　D. 不同类型的网络中，不同类型的计算机上，使用不同的操作系统的用户。

112. 电子邮件与传统邮件相比最大的优点是（　　）。

　　A. 速度快

　　B. 价格低

　　C. 距离远

　　D. 传输量大

113. Internet 中的邮件服务器通常每天要保持（　　）小时正常工作，才能很好地服务于其申请账号的用户。

    A. 12

    B. 16

    C. 20

    D. 24

114. SMTP 是简单邮件传输协议的缩写，下列哪项对 SMTP 描述不正确？（　　）

    A. 是发送邮件服务器所采用的协议

    B. 是接收邮件服务器所采用的协议

    C. 控制信件中转方式的协议

    D. 是建立在 TCP/IP 之上的协议

115. Internet 电子邮件传输采用的是（　　）的方式。

    A. 选择最短路径，直接到达目的地

    B. 选择最短路径，经过几台计算机到达目的地

    C. 选择最空闲路径，直接到达目的地

    D. 选择最空闲路径，经过几台计算机中转到达目的地

116. 以下哪项表示简单邮件传输协议（　　）。

    A. POP3

    B. SMTP

    C. HTTP

    D. TCP/IP

117. 新闻组（USTNET）的基本通信方式是电子邮件，但它（　　）。

    A. 采用的点对点通信方式

    B. 采用的是多对多的传递方式

    C. 采用超级链接方式

    D. 采用实时交互方式

118. "邮件病毒"也是电脑病毒，一般是通过邮件中的（　　）进行扩散。

    A. 收件人名字

    B. 附件

    C. 主题

    D. 邮件地址

119. 拥有电子信箱的用户都会或多或少地收到一些来历不明的无用邮件，即"垃圾邮件"。下列哪项方法最可能受到垃圾邮件的危害？（　　）

    A．邮箱保密

    B．保持沉默

    C．直接打开

    D．筛选邮件

120．"邮件炸弹"是指（　　）。

    A．保密的电子邮件

    B．病毒

    C．电子邮件服务

    D．某服务器短时间内连续不断地向一个信箱发送大量的电子邮件

121．Outlook Express 是安装在（　　）上的支持电子邮件基本协议的（　　）端软件。

    A．ISP 服务器、服务器

    B．个人计算机、服务器

    C．ISP 服务器、客户端

    D．个人计算机、客户端

122．Outlook Express 6.0 是微软集成在 Internet Explorer 6.0 中的一个收发邮件的软件，以下哪项不是 Outlook Express 的主要功能（　　）。

    A．创建电子邮件账户

    B．书写与发送电子邮件

    C．搜索网上信息

    D．接收阅读电子邮件

123．用户发送电子邮件时，邮件头必须包括以下哪项所给出的内容才算是完整的？（　　）

    A．收件人邮件地址，发件人邮件地址，邮件发送的日期和时间

    B．发件人邮件地址，邮件发送的日期和时间、邮件主题

    C．发件人邮件地址，邮件发送的日期和时间

    D．用户口令，电子邮箱所在的主机域名

124．在 Internet 中，以下哪个英文单词代表电子邮件服务？（　　）

    A．E-MAIL

  B．VERONICA

  C．USENET

  D．LNET

125．电子邮件具有固定的格式，电子邮件由两部分组成：邮件头（Mail Header）和邮件体（Mail Body）。下列哪项描述邮件头构成更全面？（　　　）。

  A．发件人地址、收件人地址、日期

  B．发件人地址、收件人地址、时间、邮件主题

  C．发件人地址、收件人地址、抄送人地址

  D．发件人地址、收件人地址、日期、时间、邮件主题、抄送人地址

126．通信簿是 Outlook Express 中非常实用和重要的工具之一，以下哪项是通信簿的主要功能。（　　　）

  A．发送邮件

  B．接收邮件

  C．存储地址信息

  D．管理邮件

127．使用 Outlook Express 在一台计算机上可为（　　　）用户建立自己独立的邮箱。

  A．一个

  B．二个

  C．三个

  D．多个

128．合法的 E-mail 地址是（　　　）。

  A．shj@online.sh.cn

  B．shj.online.sh.cn

  C．online.sh.cn@shj

  D．cn.sh.online.shj

129．已知用户登录名为 alice，用户所在的主机域名为 public.tpt.tj.cn，以下哪个电子邮件地址写法是正确的？（　　　）

  A．@alice.public.tpt.tj.cn

  B．public.tpt.tj.cn@ alice

  C．alice@public.tpt.tj.cn

  D．@public.tpt.tj.cn.alice

130. Internet 中 E-mail 的地址格式为：（　　）。

    A．用户名@电子邮件服务器域名

    B．@电子邮件服务器域名

    C．用户名@

    D．电子邮件服务器域名@用户名

131. 如果用户原先使用的是 Outlook Express 的较低版本，升级之后，原先的邮件及相关文件夹会（　　）。

    A．自动转入现有版本中，会丢失部分信息

    B．自动转入现有版本中，并不会丢失信息

    C．不会自动转入现有版本中

    D．自动转入现有版本中，信息全部丢失

132. chen@nit.center.edu.cn 为一用户的电子邮件地址，下列哪一段为该用户的账号？

    A．chen

    B．nit.center.edu.cn

    C．@

    D．chen@

133. 电子邮件接收者的地址是 chen@www.chl.com.cn，下列哪一段为该接收者邮箱所在的主机域名？（　　）

    A．chen

    B．www.chl.com.cn

    C．@

    D．chen@

134. 在 Outlook Express "已删除邮件" 文件夹中的邮件，能否恢复？（　　）

    A．可以恢复，不须条件

    B．可以恢复，须要条件

    C．不可恢复，不须条件

    D．不可恢复，须要条件

135. zhonghua@public.tpt.tj.cn 为一用户的电子邮件地址，下列哪段为该用户的账号？（　　）

    A．@

B. @public.tpt.tj.cn

C. zhonghua@

D. zhonghua

136. 以下哪个电子邮件地址写法是正确的？（　　　）

A. @chl.263.net

B. 263.net @ chl

C. chl @263.net

D. @ chl.263.net

137. 使用 Outlook Express 发送电子邮件时，在标题信息框中的"密件抄送"的邮件账户信息，收件人（　　　）。

A. 收到邮件就能看到

B. 不知道该邮件还被抄送给其他人

C. 打开邮件就能看到

D. 知道该邮件还被抄送给其他人

138. 目前 Internet 上使用的电子邮件系统提供的功能如下，哪一项描述的更全面？（　　　）

A. 只能传输西文文本信息

B. 只能传输图像信息

C. 能传输图像、文本信息，不能传输声音、视频信息

D. 能传输图像、文本信息、声音、视频信息

139. 使用 Outlook Express 发送电子邮件需要将一些重要文档连同邮件正文一起发送，这里就要用到（　　　）功能。

A. 画板

B. 信纸

C. 多媒体

D. 附件

140. 如果一封邮件没撰写完，需要保存，Outlook Express 提供了（　　　）管理功能。

A. 草稿

B. 信纸

C. 通信簿

D. 附件

141. 搜索引擎实际上是（　　　）。

 A．一个大型的数据库

 B．一套检索方法

 C．一个管理机构

 D．一个数据库和与之相关联的一套检索方法

142. 用户通过 WWW 浏览器访问 FTP 服务器时，页面的 URL 为 ftp://rtfm.mit. edu/pub/abc.txt ，下面哪一段表示协议。（　　　）

 A．ftp

 B．rtfm.mit.edu

 C．pub/abc.txt

 D．pub

143. 网络蚂蚁（NetAnts）软件是中国人开发的下载工具软件，以下哪一项不是其主要功能。（　　　）

 A．断点续传，一个文件可分成几次下载

 B．多点连接，将文件分成几块同时下载

 C．自动拨号，定时下载

 D．图像处理

144. 用户通过浏览器访问 FTP 服务器时，页面的 URL 为 ftp://rtfm.mit. edu/pub/abc.txt，其中哪一段表示服务器的主机名？（　　　）

 A．ftp

 B．rtfm.mit.edu

 C．pub/abc.txt

 D．pub

145. 以下哪个类型的文件属于压缩文件？（　　　）

 A．JPG

 B．AU

 C．ZIP

 D．AVI

146. 用户在访问 FTP 服务器之前（　　　）。

 A．必须进行登录，给出用户在 FTP 服务器上的合法账号和口令

 B．必须在自己的微机中装入语音识别软件

 C．必须在自己的微机中装入图形界面软件

 D．必须以 PPP 方式入网

147. 若通过 WWW 浏览器访问主机名为 rtfm.mit.edu 的 FTP 服务器时，页面的 URL 应写为：（   ）。

 A. ftp:// rtfm.mit.edu/

 B. ftp// rtfm.mit.edu/

 C. http:// rtfm.mit.edu/

 D. http// rtfm.mit.edu/

148. 客户/服务器系统的特点是客户机和服务器（   ）。

 A. 必须运行在同一台计算机上

 B. 必须运行在同一个局域网上

 C. 不须运行在同一台计算机上

 D. 必须运行在不同的计算机上

149. 用户通过浏览器从 FTP 服务器下载 sample.txt 文件，下列哪种写法是正确的？（   ）

 A. http://sample.txt

 B. ftp://index.asp

 C. http://ftp.nankai.edu.cn/sample.txt

 D. ftp://ftp.nankai.edu.cn/sample.txt

150. AltaVista（http://www.altavist.com）的搜索空间是（   ）。

 A. WWW

 B. USENet

 C. Gopher

 D. WWW 和 USENet

151. 目前，从 Internet 上下载文件的方法主要有 3 种，下列哪项不是？（   ）

 A. 直接从网页或 FTP 站点下载

 B. 用断点续传软件下载

 C. 以电子邮件形式下载

 D. 通过 SMTP 协议下载

152. 以下哪项不是搜索引擎？（   ）

 A. Yahoo

 B. Google

 C. Sohu

 D. HTTP

153. 搜索引擎是（　　　）。

   A．用户最终所需的信息

   B．所有站点提供的共享程序

   C．为用户提供信息检索服务的系统

   D．数据库管理系统

154. 下列哪项不是对搜索引擎的正确描述？（　　　）

   A．搜索引擎是指为用户提供信息检索服务的系统。

   B．搜索引擎定期对 Internet 上的所有信息收集、整理并归类，编出索引。

   C．搜索引擎就是一个独立的数据库管理系统。

   D．当通过搜索引擎查找信息时，它会对用户的需求产生响应。

155. Internet 用户目前所使用的 FTP 服务大多数是匿名服务。为保证 FTP 服务器的安全性，几乎所有的 FTP 匿名服务（　　　）。

   A．只允许用户下载文件，不允许用户上载文件

   B．只允许用户上载文件，不允许用户下载文件

   C．即允许用户上载文件，又允许用户下载文件

   D．什么都不允许

156. 什么是匿名 FTP 服务？（　　　）

   A．用户之间能够进行传送文件的 FTP

   B．Internet 中一种匿名信的名称

   C．在 Internet 没有主机地址的 FTP

   D．是一种允许用户免费并下载文件的网络服务

157. 搜索引擎是 Internet 上的一个 WWW 服务器，它的主要任务是（　　　）。

   A．在 Internet 中主动搜索其他 WWW 服务器中的信息并对其自动索引，其索引内容存储在可供查询的数据库中。

   B．在 Internet 中主动搜索其他 WWW 服务器的 IP 地址，其 IP 地址存储在数据库中。

   C．在 Internet 中主动搜索其他 WWW 服务器的主机名，其主机名存储在数据库中。

   D．在 Internet 中主动搜索其他 WWW 服务器中的主页，其主页存储在数据库中。

158．当用户在访问提供匿名服务的 FTP 服务器之前，用户必须（　　）。

    A．先向 FTP 服务器付费

    B．先用"anonymous"作为账号，用"guest"作为口令登录

    C．在自己的微机中装入图形界面软件

    D．以 ppp 方式入网

159．以下哪项不是搜索引擎 Google 的优点？（　　）

    A．检索非常快，一般只需数秒钟

    B．搜索结果完全、准确

    C．同时只能服务于少量用户

    D．查询分为简单查询和高级查询，以满足用户各种需要

160．在 Web 上搜索时，搜索策略可以最大程度的使搜索引擎精确地定位到用户所需的信息上。以下哪一项不是常用的搜索策略？（　　）

    A．选择合适的关键词，充分体现搜索的主题

    B．适当缩小查找范围，提高搜索效率

    C．在搜索工具的网页上，将检索分为几大类别，供用户指定

    D．按要搜索主题关键词的笔划搜索

161．使用 NetMeeting 在 Internet 上与其他人进行具有语音的视频的交谈，用户的计算机应配有：（　　）。

    A．声卡、扫描仪、音箱、摄像机

    B．声卡、麦克风、音箱、摄像机

    C．声卡、扫描仪、音箱、打印机

    D．调制解调器、扫描仪、音箱、打印机

162．以下哪一项不是网络会议（Microsoft NetMeeting）所提供的功能？（　　）

    A．通过 Internet 向用户发送呼叫

    B．在联机会议中使用白板画图

    C．通过 Internet 与用户交谈

    D．管理 Internet

163．以下哪个类型文件属于视频文件？（　　）

    A．JPG

    B．AU

    C．ZIP

    D．AVI

164. Microsoft NetMeeting 为全球用户提供一种通过 Internet（　　）的全新方式。以下哪一项不是？

    A．进行交谈
    B．召开会议
    C．共享程序
    D．管理邮件

165. 白板程序是 Microsoft NetMeeting 提供的一种（　　）。

    A．与会用户共享的图形工作区
    B．与会用户共享的图形文件
    C．与会用户共享的扫描软件
    D．与会用户共享的下载软件

166. NetMeeting 是 Internet Explorer6.0 中的一个重要构件，使用它可以与 Internet 上任何一个使用相同会议程序的人进行（　　），以下哪一项更确切。

    A．具有语音的视频的交谈
    B．非实时交谈
    C．电子邮件发送
    D．网上搜索

167. 新闻组结构是按（　　）结构组织的，每个新闻组都有自已惟一的名称来标识新闻组中的讨论话题。

    A．网状
    B．层次
    C．链状
    D．关系

168. 要开网络会议一定要组织一定数量的参加者。在 NetMeeting 中组织参加者的方法就是进行（　　）。

    A．事先指定
    B．邮件发送
    C．呼叫
    D．登记

169. 当某用户想加入某网络会议时，请呼叫（　　）。

    A．会议主持者或任何一位会议参加者
    B．交谈程序

C. 白板程序

D. 登记

170. 在 NetMeeting 网络会议中，"交谈"是以（   ）形式进行信息交流的方式。

A. 文本

B. 图像

C. 语音

D. 二进制数字

171. "白板"程序是在 Microsoft NetMeeting 提供的一种与会用户共享的（   ）工作区。

A. 文本

B. 图像

C. 语音

D. 图形

172. 新闻组是个人向新闻服务器所投递邮件的集合。新闻组不提供成员列表，任何人都可以（   ）。

A. 免费加入

B. 收费加入

C. 事先登记加入

D. 发送邮件

173. NetMeeting 中的白板是一个虚拟的记事本，在会议中，（   ）打开白板，它就会显示在所有与会人的屏幕上。

A. 只要有一个人

B. 只要有二个人

C. 只要有三个人

D. 只要所有人

174. 要用 NetMeeting 发送视频，需要在计算机的（   ）端口或（   ）端口连接照相机或摄相机。

A. 串行，并行

B. 并行，USB

C. USB，串行

D. 串行，USB

175. 要用 NetMeeting 发送视频，需要在计算机的并行端口或 USB 端口连接（　　）或（　　）。

   A. 照相机，摄相机

   B. 打印机，扫描仪

   C. 扫描仪，调制解调器

   D. 打印机，照相机

176. 新闻邮件和电子邮件有很多相同之处，只不过电子邮件（　　）阅读和答复，而新闻邮件（　　）阅读和答复。

   A. 所有人都能，所有人也都能

   B. 只有特定收件人才能，所有人都能

   C. 所有人都能，只有特定收件人才能

   D. 只有特定收件人才能，也只有特定收件人才能

177. 新闻组大致可分为 7 类，其中 comp，sci，soc，news 分别表示（　　）。

   A. 科学类，社会类，网络新闻类，娱乐类

   B. 计算机类，科学类，社会类，网络新闻类

   C. 同伴，科学类，社会类，网络新闻类

   D. 计算机类，科学类，农业，网络新闻类

178. 在网络新闻组中，由于新闻以（　　）格式为基础，用户可以阅读来自新闻组的邮件并向其投递邮件。

   A. 电子邮件（E-mail）

   B. 纯文本

   C. HTML

   D. 图形

179. 从系统结构上看，Internet 网络新闻采用的是（　　）结构。

   A. 客户端与服务器

   B. 集中式

   C. 分布式

   D. 以上都不是

180. 新闻组大致可分为 7 类，其中 sci，soc，news，talk 分别表示（　　）。

   A. 科学类，社会类，网络新闻类，娱乐类

   B. 计算机类，科学类，社会类，网络新闻类

   C. 科学类，社会类，网络新闻类，辨论类

   D. 计算机类，科学类，农业，网络新闻类

181. Gopher 服务器软件提供以下有用功能，哪一项不正确？（　　　）

    A. 信息检索服务
    B. 直接的资料获取功能
    C. 发送电子邮件
    D. 服务器之间漫游

182. 在目前的 Internet 上，以下哪种服务的发展速度最快？（　　　）

    A. FTP
    B. Gopher
    C. WWW
    D. Telent

183. 搜狐中文引擎兼容传统搜索引擎的标准语法和逻辑操作符。提供使用
    （　　　）来限定搜索。以下哪项不是？

    A. 布尔 OR
    B. 布尔 AND
    C. 双引号括起关键词
    D. 布尔 NOT

184. 防火墙，用于将 Internet 的子网和 Internet 的其他部分相隔离（　　　）。

    A. 是防止 Internet 火灾的硬件设施
    B. 是网络安全和信息安全的软件和硬件设施。
    C. 是保护线路不受破坏的硬件设施
    D. 是起抗电磁干扰作用硬件设施

185. 以下哪个英文单词代表广域信息查询服务？（　　　）

    A. NetFind
    B. WAIS
    C. USENet
    D. Telnet

186. 在 Internet 中，以下哪个英文单词代表远程登录？（　　　）

    A. WWW
    B. USENet
    C. Telnet
    D. Gopher

187. 启动 Telnet 登录到远程计算机系统时，实际上启动了两个程序，一个叫做 Telnet（　　），它运行在（　　）上，另一个叫做 Telnet 服务器程序，它运行在要登录的远程计算机上。

    A．客户端程序，本地计算机
    B．服务器程序，本地机
    C．DOS 程序，远程计算机
    D．Windows 程序，本地机

188. 启动 Telnet 登录到远程计算机系统时，实际上启动了两个程序，一个叫做 Telnet 客户端程序，它运行在本地计算机上，另一个叫做 Telnet（　　），它运行在要登录的（　　）上。

    A．UNIX 程序，远程计算机
    B．服务器程序，远程计算机
    C．Windows 程序，本地机
    D．DOS 程序，远程计算机

189. Telnet（远程登录）是 Internet 提供的一项重要服务。通过 Telnet 协议，用户可以登录到 Internet 上的任何一台服务器上使用它的资源。　以下哪项叙述不是 Telnet 的特点？（　　）

    A．非注册用户在远程服务器上没有用户名和密码
    B．远程登录服务使用的是客户机／服务器模式
    C．在客户端的计算机中必须装入图形界面软件
    D．Telnet 最广泛的应用就是 BBS

190. 以下哪个英文单词表示电子公告牌服务？（　　）

    A．BBS
    B．WAIS
    C．USENet
    D．Telnet

191. 统一资源定位符的英文缩写是（　　）。

    A．http
    B．URL
    C．FTP
    D．USENet

192. 下面列出的四项中，不属于计算机病毒特征的是（　　）。

A. 潜伏性

B. 激发性

C. 传播性

D. 免疫性

193. 以 WWW 方式登录 BBS 之后，就可以查询 BBS 上的信息。BBS 上的信息（　　）。

A. 是由 BBS 站点上的管理人员提供的

B. 是由登录该 BBS 站点的 BBS 交流者实时提供的

C. 是由门户网站提供的

D. 不是由登录该 BBS 站点的 BBS 交流者实时提供的

194. 远程登录程序 Telnet 的作用是：（　　）。

A. 让用户以模拟终端方式向 Internet 上发布信息

B. 让用户以模拟终端方式在 Internet 上搜索信息

C. 用户以模拟终端方式在 Internet 上下载信息

D. 用户以模拟终端的方式登录到网络上或 Internet 上的一台主机，进而使用该主机的服务

195. 以下哪个英文单词代表 Internet 上"即时寻呼软件"？（　　）

A. HTTP

B. OICQ

C. BBS

D. Telnet

196. 以下哪个英文单词代表超媒体？（　　）

A. HomePage

B. Hypertext

C. Hypermedia

D. HTTP

197. Chat 与 BBS 相比最显著的特点是：（　　）。

A. 能发表自己的观点

B. 参与聊天的人可以选择一个漫画人物来代表自己，从而渲染了聊天气氛

C. 是一种交流信息的网络服务

D. 可以脱机阅读

198．以下哪项不是叙述"远程登录"？（　　　）

　　A．根本目的在于访问远程服务器资源。

　　B．登录一旦成功，用户的计算机暂时成为该远程登录服务器的一台仿真终端。

　　C．本地计算机上运行 Telnet 客户程序，登录的远程计算机上运行 Telnet 服务器程序。

　　D．用户计算机可以管理远程服务器。

199．以下哪个英文单词代表菜单式查找？（　　　）

　　A．WWW

　　B．FTP

　　C．Gopher

　　D．WAIS

200．一般的 BBS 站点都提供两种访问方式：（　　　）。

　　A．FTP 和 Telnet

　　B．WWW 和 Telnet

　　C．WWW 和 FTP

　　D．SMTP 和 Telnet

第二单元　接入 Internet

2.1　第 1 题

【操作要求】

1. **用户计算机通过电话拨号接入 ISP 的本机设置。**

（1）模拟安装调制解调器。将调制解调器安装在计算机串口 2 上，并将调制解调器设置为"标准为 56000 bps X2 调制解调器"，最快速度设为"115200bps"。将设置后的"标准为 56000 bps X2 调制解调器属性"对话框拷屏，以 IE2.1-1-1.bmp 为文件名，保存到考生文件夹中。

（2）在拨号网络中建立名为"上网连接"，入网电话号码、用户名、密码均为 169 的新连接。打开"上网连接"，将"连接到"窗口拷屏，以 IE2.1-1-2.bmp 为文件名，保存到考生文件夹中。

（3）将"上网连接"的网络协议设置为 TCP/IP 协议，删除 NetBEUI 协议与 IPX/SPX 兼容协议。将设置后的"上网连接"属性对话框中的"服务器类型"选项卡拷屏，以 IE2.1-1-3.bmp 为文件名，保存到考生文件夹中。

2. **用户计算机通过局域网接入 Internet 的本机设置。**

（1）设置本机 IP 地址为 192.168.25.1，子网掩码为 255.255.255.0。将设置后"TCP/IP 属性"对话框中的"IP 地址选项卡"拷屏，以 IE2.1-2-1.bmp 为文件名，保存到考生文件夹中。

（2）设置代理服务器的地址为 192.168.1.1，端口为 8080，对 IE 进行相应设置。将设置后的对话框拷屏，以 IE2.1-2-2.bmp 为文件名，保存到考生文件夹中。

2.2　第 2 题

【操作要求】

1. **用户计算机通过电话拨号接入 ISP 的本机设置。**

   （1）添加网络协议为 TCP/IP 协议。添加 TCP/IP 协议后，将"网络"对话框中配置选项卡的设置结果拷屏，以 IE2.2-1-1.bmp 为文件名，保存到考生文件夹中。

   （2）在拨号网络中建立名为"新连接"，入网电话号码为 163，用户名为 jq78 的连接。将设置完的"拨号网络"窗口拷屏，以 IE2.2-1-2.bmp 为文件名，保存到考生文件夹中。

   （3）通过"新连接"拨入网电话号码为 163，用户名为 jq78 的连接。将"连接到"对话框拷屏，以 IE2.2-1-3.bmp 为文件名，保存到考生文件夹中。

2. **用户计算机通过局域网接入 Internet 的本机设置。**

   （1）本机设置为指定 IP 地址，IP 地址为 202.112.154.2，子网掩码为 255.255.255.0。将设置后"TCP/IP 属性对话框"的 IP 地址选项卡拷屏，以 IE2.2-2-1.bmp 为文件名，保存到考生文件夹中。

   （2）设置代理服务器的地址为 202.112.1.2，端口为 8080，对本地址不使用代理服务器。将设置后的"局域网（LAN）设置"对话框拷屏，以 IE2.2-2-2.bmp 为文件名，保存到考生文件夹中。

2.3 第 3 题

【操作要求】

1. **用户计算机通过电话拨号接入 ISP 的本机设置。**

   （1）模拟安装调制解调器，将调制解调器安装在计算机 COM2 口上，属性设置为标准 56000 bps X2，最快速度设为 115200bps。将设置后的"调制解调器属性"对话框拷屏，以 IE2.3-1-1.bmp 为文件名，保存到考生文件夹中。

   （2）调制解调器的拨号属性设置，"要取消拨号等待"，请拨"*70"。将设置后的"拨号属性"对话框拷屏，以 IE2.3-1-2.bmp 为文件名，保存到考生文件夹中。

   （3）在拨号网络中建立名为"我的连接"，入网电话号码为 2631，用户名为 avid54321 的连接。将设置后的对话框拷屏，以 IE2.3-1-3.bmp 为文件名，保存到考生文件夹中。

2. **用户计算机通过局域网接入 Internet 的本机设置。**

   （1）本机指定 IP 地址为 192.168.16.16，子网掩码为 255.255.255.0。将设置后的对话框拷屏，以 IE2.3-2-1.bmp 为文件名，保存到考生文件夹中。

   （2）对所有协议均使用代理服务器的地址为 192.168.25.2，端口为 8080。另外：对"192.168.*.*"开头的地址不使用代理服务器。将设置后的"代理服务器设置"对话框拷屏，以 IE2.3-2-2.bmp 为文件名，保存到考生文件夹中。

2.4　第 4 题

【操作要求】

1. **用户计算机通过电话拨号接入 ISP 的本机设置。**

（1）在拨号网络中，建立名为"我的连接"，入网电话号码为 169，用户名为 vid321123 的连接。将设置后的对话框拷屏，以 IE2.4-1-1.bmp 为文件名，保存到考生文件夹中。

（2）将"我的连接"的连接方式设置为：调制解调器安装在计算机 COM1 口上，调制解调器设置为标准 33600 bps 调制解调器，最快速度为 57600bps。将设置后的"调制解调器属性"对话框拷屏，以 IE2.4-1-2.bmp 为文件名，保存到考生文件夹中。

（3）将"我的连接"的"试图连接的次数"设置为 4 次。将"高级拨号"对话框拷屏，以 IE2.4-1-3.bmp 为文件名，保存到考生文件夹中。

2. **用户计算机通过局域网接入 Internet 的本机设置。**

（1）本机所在局域网有计算机 20 台，本机为第 6 台，网关为 192.168.25.254，请设置 IP 地址和子网掩码。将设置后的"IP 地址和子网掩码"对话框拷屏，以 IE2.4-2-1.bmp 为文件名，保存到考生文件夹中。

（2）设置本机通过地址为 192.168.2.1；端口为 8080 的代理服务器访问 Internet。同时设置对所有协议均使用相同的代理服务器。将设置后的对话框拷屏，以 IE2.4-2-2.bmp 为文件名，保存到考生文件夹中。

2.5　第 5 题

【操作要求】

1. 用户计算机通过电话拨号接入 ISP 的本机设置。

（1）模拟安装调制解调器，将调制解调器安装在计算机 COM1 口上，调制解调器为 Hayes 生产的，型号为 Hayes Accura 2400 调制解调器。将设置后的"调制解调器属性"对话框拷屏，以 IE2.5-1-1.bmp 为文件名，保存到考生文件夹中。

（2）在拨号网络中建立名为"上网连接"，入网电话号码为 163，用户名为 gjyug 的连接。将设置后的对话框拷屏，以 IE2.5-1-2.bmp 为文件名，保存到考生文件夹中。

（3）将"上网连接"网络拨号服务器类型列表选择 PPP:Internet，Windows NT Server，在允许的网络协议中只保留 TCP/IP 协议。将设置后的对话框拷屏，以 IE2.5-1-3.bmp 为文件名，保存到考生文件夹中。

2. 用户计算机通过局域网接入 Internet 的本机设置。

（1）本机指定 IP 地址为 192.168.88.3，子网掩码为 255.255.255.0。将设置后的对话框拷屏，以 IE2.5-2-1.bmp 为文件名，保存到考生文件夹中。

（2）本机不使用代理服务器。将设置后的对话框拷屏，以 IE2.5-2-2.bmp 为文件名，保存到考生文件夹中。

2.6 第 6 题

【操作要求】

1. **用户计算机通过电话拨号接入 ISP 的本机设置。**

(1) 模拟安装调制解调器，将调制解调器安装在计算机 COM1 口上，调制解调器设置为 56000bps X2 调制解调器，最快速度设为 115200 bps。将设置后的"调制解调器属性"对话框拷屏，以 IE2.6-1-1.bmp 为文件名，保存到考生文件夹中。

(2) 设置调制解调器的状态"附加到日志文件"中。将"高级连接设置"对话框拷屏，以 IE2.6-1-2.bmp 为文件名，保存到考生文件夹中。

(3) 安装 TCP/IP 协议。将"选择 TCP/IP 协议"对话框拷屏，以 IE2.6-1-3.bmp 为文件名，保存到考生文件夹中。

2. **用户计算机通过局域网接入 Internet 的本机设置。**

(1) 本机 IP 地址设置为"自动获取 IP 地址"。将设置完的"TCP/IP 属性"对话框"IP 地址"选项卡拷屏，以 IE2.6-2-1.bmp 为文件名，保存到考生文件夹中。

(2) 设置代理服务器，HTTP 服务地址为 192.168.2.1，端口为 8080。将设置后的"局域网（LAN）设置"对话框拷屏，以 IE2.6-2-2.bmp 为文件名，保存到考生文件夹中。

2.7　第 7 题

【操作要求】

1. **用户计算机通过电话拨号接入 ISP 的本机设置。**

   （1）模拟安装调制解调器，将调制解调器安装在计算机 COM1 口上，选择调制解调器为 3com 公司 U.S. Robotics 33.6 Fax INT，最快速度设为 115200 bps。将设置后的"调制解调器属性"对话框拷屏，以 IE2.7-1-1.bmp 为文件名，保存到考生文件夹中。

   （2）在拨号网络中，建立名为"联机"，入网电话号码为 163，用户名为 ht12100 的连接。将"连接到"对话框拷屏，以 IE2.7-1-2.bmp 为文件名，保存到考生文件夹中。

   （3）将"联机"的"所允许网络协议类型"设置为"TCP/IP 协议"，"拨号网络服务器类型"为"PPP: Internet，Windows NT Server，Windows 98"。将设置"联机"对话框中"服务器类型"选项卡拷屏，以 IE2.7-1-3.bmp 为文件名，保存到考生文件夹中。

2. **用户计算机通过局域网接入 Internet 的本机设置。**

   （1）本机指定 IP 地址为 192.168.13.50，子网掩码为 255.255.255.0。将设置完的"TCP/IP 属性"对话框拷屏，以 IE2.7-2-1.bmp 为文件名，保存到考生文件夹中。

   （2）设置代理服务器，HTTP 服务地址为 192.168.1.1，端口为 8080；FTP 服务地址为 192.168.1.1，端口为 2121。将设置完的"代理服务器设置"对话框拷屏，以 IE2.7-2-2.bmp 为文件名，保存到考生文件夹中。

2.8　第 8 题

【操作要求】

1. **用户计算机通过电话拨号接入 ISP 的本机设置。**

   （1）模拟安装调制解调器，将调制解调器安装在计算机 COM2 口上，调制解调器设置为 "28800 bps X2 调制解调器"，最快速度设为 115200 bps。将设置后的 "调制解调器属性" 对话框 "常规" 选项卡拷屏，以 IE2.8-1-1.bmp 为文件名，保存到考生文件夹中。

   （2）在拨号网络中建立名为 "我的连接"，入网电话号码为 169，用户名为 169 的连接。将设置后的 "拨号属性" 对话框拷屏，以 IE2.8-1-2.bmp 为文件名，保存到考生文件夹中。

   （3）设置 "我的连接" 高级拨号功能，每隔 "2" 秒，试图连接次数为 "5" 次。将设置完的 "高级拨号" 对话框拷屏，以 IE2.8-1-3.bmp 为文件名，保存到考生文件夹中。

2. **用户计算机通过局域网接入 Internet 的本机设置。**

   （1）局域网连接，选择 "厂商" 为 "Microsoft" 的 "TCP/IP 协议" 网络协议。将设置完的 "选择网络协议" 对话框拷屏，以 IE2.8-2-1.bmp 为文件名，保存到考生文件夹中。

   （2）设置 IP 地址为 192.168.26.20，子网掩码为 255.255.255.0。将设置后的 "TCP/IP 属性" 对话框 "IP 地址" 选项卡拷屏，以 IE2.8-2-2.bmp 为文件名，保存到考生文件夹中。

2.9 第 9 题

【操作要求】

1. **用户计算机通过电话拨号接入 ISP 的本机设置。**

（1）模拟安装调制解调器，选择"厂商"为"（VoiceView 调制解调器）""型号"为"VoiceView 9600 bps 调制解调器"的调制解调器，将调制解调器安装在计算机 COM2 口上，最快速度设为 115200bps。将设置后的"VoiceView 9600 bps 调制解调器"对话框的"常规"选项卡拷屏，以 IE2.9-1-1.bmp 为文件名，保存到考生文件夹中。

（2）在拨号网络中建立名为"2911 连接"，入网电话号码为 2911，用户名为"avid5223"的连接。将设置完"2911 连接"对话框"常规"选项卡拷屏，以 IE2.9-1-2.bmp 为文件名，保存到考生文件夹中。

（3）将"2911 连接"的"所允许的网络协议"设置为"TCP/IP"。将设置完"2911 连接"对话框"服务类型"选项卡拷屏，以 IE2.9-1-3.bmp 为文件名，保存到考生文件夹中。

2. **用户计算机通过局域网接入 Internet 的本机设置。**

（1）本机指定 IP 地址为 192.168.22.36，子网掩码为 255.255.255.0。将设置后的"TCP/IP 属性"对话框"IP 地址"选项卡拷屏，以 IE2.9-2-1.bmp 为文件名，保存到考生文件夹中。

（2）设置代理服务器的 http 地址为 192.168.1.4，端口为 8080，并设置"对所有协议均使用相同的代理服务器"。将设置后的"代理服务器设置"对话框拷屏，以 IE2.9-2-2.bmp 为文件名，保存到考生文件夹中。

2.10 第 10 题

【操作要求】

1. **用户计算机通过电话拨号接入 ISP 的本机设置。**

   （1）模拟安装调制解调器，将调制解调器接在计算机 COM2 口上，选择 3com 生产的"3ComImpact IQ"型号的调制解调器，调制解调器最快速度设为 115200 bps。将设置后的"3ComImpact IQ 属性"对话框拷屏，以 IE2.10-1-1.bmp 为文件名，保存到考生文件夹中。

   （2）在拨号网络中建立名为 963，入网电话号码为 95963，用户名为 avid5223 的连接。将设置后"963"的对话框"常规"选项卡拷屏，以 IE2.10-1-2.bmp 为文件名，保存到考生文件夹中。

   （3）设置将调制解调器的状态"附加到日志文件"。将设置后调制解调器"高级连接设置"对话框拷屏，以 IE2.10-1-3.bmp 为文件名，保存到考生文件夹中。

2. **用户计算机通过局域网接入 Internet 的本机设置。**

   （1）本机自动分配 IP 地址。将设置后的"TCP/IP 属性"对话框中"IP 地址"选项卡拷屏，以 IE2.10-2-1.bmp 为文件名，保存到考生文件夹中。

   （2）设置不使用代理服务器。将设置后的"局域网（LAN）设置"对话框拷屏，以 IE2.10-2-2.bmp 为文件名，保存到考生文件夹中。

2.11 第 11 题

【操作要求】

1. **用户计算机通过电话拨号接入 ISP 的本机设置。**

   （1）模拟安装调制解调器，如所选用的调制解调器是 Hayes 的产品，型号是 "Hayes Accura 2400"，将其安装在计算机 COM1 口上，最快速度设为 9600bps。将显示 "Hayes Accura 2400 属性" 对话框拷屏，以 IE2.11-1-1.bmp 为文件名，保存到考生文件夹中。

   （2）建立名为 95963 的拨号连接，入网电话号码为 95963，用户名为 263。将设置后的 "95963" 的对话框 "常规" 选项卡拷屏，以 IE2.11-1-2.bmp 为文件名，保存到考生文件夹中。

   （3）启动 "95963" 的拨号连接。将 "连接到" 对话框拷屏，以 IE2.11-1-3.bmp 为文件名，保存到考生文件夹中。

2. **用户计算机通过局域网接入 Internet 的本机设置。**

   （1）本机所在局域网有计算机 20 台，网关为 192.168.20.0，本机为第 10 台，设置 IP 地址和子网掩码。将设置后的 "TCP/IP 属性" 对话框中 "IP 地址" 选项卡拷屏，以 IE2.11-2-1.bmp 为文件名，保存到考生文件夹中。

   （2）代理服务器的地址为 202.112.23.21，端口为 8080，设置 "对所有协议将使用同一代理服务器"。将设置后的 "代理服务器设置" 对话框拷屏，以 IE2.11-2-2.bmp 为文件名，保存到考生文件夹中。

2.12　第 12 题

【操作要求】

1. **用户计算机通过电话拨号接入 ISP 的本机设置。**

   （1）模拟安装调制解调器，将调制解调器安装在计算机 COM2 口上，调制解调器设置为"标准 28800bps 调制解调器"，调制解调器最快速度为 57600。将设置后的"标准 28800bps 调制解调器属性"对话框"常规"选项卡拷屏，以 IE2.12-1-1.bmp 为文件名，保存到考生文件夹中。

   （2）建立名为"飞梭"，入网电话号码为 169，用户名为 169，密码为 169 的拨号连接。将设置后的"飞梭"对话框"常规"选项卡拷屏，以 IE2.12-1-2.bmp 为文件名，保存到考生文件夹中。

   （3）启动"飞梭"拨号连接，将"连接到"对话框拷屏，以 IE2.12-1-3.bmp 为文件名，保存到考生文件夹中。

2. **用户计算机通过局域网接入 Internet 的本机设置。**

   （1）局域网连接，添加网络适配器，选择厂商为 D-link，型号为"D-link DB-528 Ethernet PCI Adapter"的网络适配器。将设置后的"选择网络适配器"对话框拷屏，以 IE2.12-2-1.bmp 为文件名，保存到考生文件夹中。

   （2）通过 Windows98 设备管理器，查看本机网卡属性。将显示网卡属性的"系统属性"对话框"设备管理器"选项卡拷屏，以 IE2.12-2-2.bmp 为文件名，保存到考生文件夹中。

2.13　第 13 题

【操作要求】

1. 用户计算机通过电话拨号接入 ISP 的本机设置。

（1）模拟安装调制解调器，将调制解调器安装在计算机 COM2 口上，调制解调器设置为"标准 56000 bps K56Flex 调制解调器"，最快速度设为 115200bps。将设置后的"标准 56000 bps K56Flex 调制解调器"对话框拷屏，以 IE2.13-1-1.bmp 为文件名，保存到考生文件夹中。

（2）在拨号网络中建立名为"lianjie"，入网电话号码为"95700"，用户名为"lt7889"的连接。将设置后的"lianjie"对话框"常规"选项卡拷屏，以 IE2.13-1-2.bmp 为文件名，保存到考生文件夹中。

（3）将"lianjie"的 TCP/IP 设置为由 ISP 的拨号服务器"指定 IP 地址"。将"TCP/IP 设置"对话框拷屏，以 IE2.13-1-3.bmp 为文件名，保存到考生文件夹中。

2. 用户计算机通过局域网接入 Internet 的本机设置。

（1）本机指定 IP 地址为 192.168.25.3，子网掩码为 255.255.255.0。将设置后的"TCP/IP 属性"对话框中"IP 地址"选项卡拷屏，以 IE2.13-2-1.bmp 为文件名，保存到考生文件夹中。

（2）配置网关，新网关为 192.168.25.0。将设置后的"TCP/IP 属性"对话框中"网关"选项卡拷屏，以 IE2.13-2-2.bmp 为文件名，保存到考生文件夹中。

2.14 第 14 题

【操作要求】

1. **用户计算机通过电话拨号接入 ISP 的本机设置。**

    （1）模拟安装调制解调器。选择生产商为"Aceex"，型号为"Aceex DM-1414P"的调制解调器，安装在计算机 COM1 口上，最快速度设为"57600bps"。将"Aceex DM-1414P 属性"对话框拷屏，以 IE2.14-1-1.bmp 为文件名，保存到考生文件夹中。

    （2）如果用户使用的是音频电话，请在"拨号属性"设置相应的"拨号方式"。将设置后的"拨号属性"对话框拷屏，以 IE2.14-1-2.bmp 为文件名，保存到考生文件夹中。

    （3）在拨号网络中建立名为"Newline"，入网电话号码为 263，用户名为 263 的连接。将"拨号属性"对话框拷屏，以 IE2.14-1-3.bmp 为文件名，保存到考生文件夹中。

2. **局域网上的计算机连入 Internet 的本机设置。**

    （1）本机 IP 地址为 192.164.21.1，子网掩码为 255.255.255.0。将设置后的"TCP/IP 属性"对话框中的"IP 地址"选项卡拷屏，以 IE2.14-2-1.bmp 为文件名，保存到考生文件夹中。

    （2）设置"启用 DNS"，使主机为"zjbgc"，域为"wls.zjbgc.mtn"。将设置后的"TCP/IP 属性"对话框中的"DNS 配置"选项卡拷屏，以 IE2.14-2-2.bmp 为文件名，保存到考生文件夹中。

2.15 第 15 题

【操作要求】

1. 用户计算机通过电话拨号接入 ISP 的本机设置。

（1）模拟安装调制解调器。将调制解调器安装在计算机 COM1 口上，调制解调器设置为"标准 33600bps 调制解调器"。将设置后的"标准 33600bps 调制解调器属性"对话框拷屏，以 IE2.15-1-1.bmp 为文件名，保存到考生文件夹中。

（2）创建名称为"首都在线"，入网电话号码为 2631，用户名为 fang 的连接。并启动此连接。将"连接到"对话框拷屏，以 IE2.15-1- 2.bmp 为文件名，保存到考生文件夹中。

（3）将"首都在线"拨号连接的"拨号网络服务器类型"设置为"PPP: Internet,WindowsNT, Server, Windows98"。将"首都在线"对话框中"服务器类型"选项卡拷屏，以 IE2.15-1-3.bmp 为文件名，保存到考生文件夹中。

2. 用户计算机通过局域网接入 Internet 的本机设置。

（1）本机指定 IP 地址为 98.112.11.25，子网掩码为 255.255.255.0。将设置后"TCP/IP 属性"对话框中的"IP 地址"选项卡拷屏，以 IE2.15-2-1.bmp 为文件名，保存到考生文件夹中。

（2）本机指向地址为 198.112.25.1，端口为 8080 的代理服务器。将设置后的"局域网（LAN）设置"对话框拷屏，以 IE2.15-2-2.bmp 为文件名，保存到考生文件夹中。

2.16　第 16 题

【操作要求】

1. **用户计算机通过电话拨号接入 ISP 的本机设置。**

（1）模拟安装调制解调器。将"标准 56000bps X2 调制解调器"安装在计算机 COM1 口上，将最快速度设为"115200bps"。将设置后的"标准 56000bps X2 调制解调器属性"对话框拷屏，以 IE2.16-1-1.bmp 为文件名，保存到考生文件夹中。

（2）建立名称为 101，入网电话号码为 2631，用户名为 wx111 的拨号网络连接。启动"101 连接"。将启动"101 连接"对话框拷屏，以 IE2.16-1-2.bmp 为文件名，保存到考生文件夹中。

（3）设置"101 连接"的"TCP/IP 协议设置"为"已分配 IP 地址的服务器"。将"TCP/IP 设置"对话框拷屏，以 IE2.16-1-3.bmp 为文件名，保存到考生文件夹中。

2. **用户计算机通过局域网接入 Internet 的本机设置。**

（1）设置本机"自动获取 IP 地址"。将设置后的"TCP/IP 属性"对话框中的"IP 地址"选项卡拷屏，以 IE2.16-2-1.bmp 为文件名，保存到考生文件夹中。

（2）设置启用 DNS，使主机为"CHL"，域为"203.207.119.8"。将设置后的"TCP/IP 属性"对话框中的"DNS 配置"选项卡拷屏，以 IE2.16-2-2.bmp 为文件名，保存到考生文件夹中。

2.17 第 17 题

【操作要求】

1. 用户计算机通过电话拨号接入 ISP 的本机设置。

    （1）模拟安装调制解调器。如果在计算机 COM1 口上，安装为"标准 56000 bps X2 调制解调器"，设置调制解调器最快速度为"115200 bps"。将设置后的"标准 56000 bps X2 调制解调器属性"对话框拷屏，以 IE2.17-1-1.bmp 为文件名，保存到考生文件夹中。

    （2）建立名为"lian"，入网电话号码为"16163"，用户名为"djdq"的连接。将启动 lian 的"连接到"对话框拷屏，以 IE2.17-1-2.bmp 为文件名，保存到考生文件夹中。

    （3）设置"lian"连接"指定 IP 地址"为 212.101.1.1。将设置后的"TCP/IP 设置"对话框拷屏，以 IE2.17-1-3.bmp 为文件名，保存到考生文件夹中。

2. 用户计算机通过局域网接入 Internet 的本机设置。

    （1）设置本机"指定 IP 地址"为 192.168.21.1 子网掩码为 255.255.255.0。将设置后的"TCP/IP 属性"对话框中的"IP 地址"选项卡拷屏，以 IE2.17-2-1.bmp 为文件名，保存到考生文件夹中。

    （2）设置绑定"Microsoft 友好登录"将设置后的"TCP/IP 属性"对话框中的"绑定"选项卡拷屏，以 IE2.17-2-2.bmp 为文件名，保存到考生文件夹中。

2.18　第 18 题

【操作要求】

1．用户计算机通过电话拨号接入 ISP 的本机设置。

（1）模拟安装调制解调器。将调制解调器安装在计算机 COM1 口上，调制解调器设置为"标准 33600 bps 调制解调器"，最快速度设为"115200 bps"。将设置后的"标准 33600 bps 调制解调器属性"对话框拷屏，以 IE2.18-1-1.bmp 为文件名，保存到考生文件夹中。

（2）如果用户使用的是脉冲电话，请在"拨号属性"设置相应的"拨号方式"。将设置后的"拨号属性"对话框拷屏，以 IE2.18-1-2.bmp 为文件名，保存到考生文件夹中。

（3）如果入网电话号码为 163，区号为 010，请在用户计算机上建立名为"新连接"，用户名为 dq1111 连接。启动"新连接"。将"连接到"对话框拷屏，以 IE2.18-1-3.bmp 为文件名，保存到考生文件夹中。

2．用户计算机通过局域网接入 Internet 的本机设置。

（1）本机是局域网的一个终端，该用户获得静态 IP 地址为 192.168.40.2，请进行设置。将设置后的"TCP/IP 属性"对话框的"IP 地址"选项卡拷屏，以 IE2.18-2-1.bmp 为文件名，保存到考生文件夹中。

（2）如果本局域网是通过地址为 192.168.35.1，端口为 8080 的代理服务器连接到 Internet，请进行相应设置。将设置后的"局域网（LAN）设置"对话框拷屏，以 IE2.18-2-2.bmp 为文件名，保存到考生文件夹中。

2.19　第 19 题

【操作要求】

1. **用户计算机通过电话拨号连入 ISP 的调制解调器设置。**

   （1）模拟安装调制解调器。将调制解调器安装在计算机 COM1 口上，调制解调器设置为"标准 33600 bps 调制解调器"，最快速度设为 57600。将设置后的"标准 33600 bps 调制解调器属性"对话框拷屏，以 IE2.19-1-1.bmp 为文件名，保存到考生文件夹中。

   （2）设置将调制解调器的状态"附加到日志文件"。将设置后的"高级连接设置"对话框拷屏，以 IE2.19-1-2.bmp 为文件名，保存到考生文件夹中。

   （3）安装 TCP/IP 协议。将设置后的"网络"对话框拷屏，以 IE2.19-1-3.bmp 为文件名，保存到考生文件夹中。

2. **用户计算机通过局域网接入 Internet 的本机设置。**

   （1）如果本机已连入局域网，请查看网卡属性。将"拨号网络适配器属性"对话框中"常规"选项卡拷屏，以 IE2.19-2-1.bmp 为文件名，保存到考生文件夹中。

   （2）本机 IP 地址设置为 201.156.56.37，子网掩码为 255.255.255.0。将设置后的"TCP/IP 属性"对话框中"IP 地址"选项卡拷屏，以 IE2.19-2-2.bmp 为文件名，保存到考生文件夹中。

2.20　第 20 题

【操作要求】

1. **用户计算机通过电话拨号接入 ISP 的本机设置。**

   （1）模拟安装调制解调器，如果用户有一台型号 VoiceView28800 型调制解调器，请安装配置在计算机 COM1 口上，最快速度设为 9600 bps。将设置后的"VoiceView28800 属性"对话框拷屏，以 IE2.20-1-1.bmp 为文件名，保存到考生文件夹中。

   （2）如果用户计算机上没有拨号适配器，请安装。将设置后的"通讯"对话框拷屏，以 IE2.20-1-2.bmp 为文件名，保存到考生文件夹中。

   （3）在拨号网络中建立名为"nian"，入网电话号码为"95700"，用户名为"21by"的拨号连接。将设置后的"nian"对话框"常规"选项卡拷屏，以 IE2.20-1-3.bmp 为文件名，保存到考生文件夹中。

2. **用户计算机通过局域网接入 Internet 的本机设置。**

   （1）本机 IP 地址设置为 192.168.34.25，子网掩码为 255.255.255.0。将设置后的"TCP/IP 属性"对话框中"IP 地址"选项卡拷屏，以 IE2.20-2-1.bmp 为文件名，保存到考生文件夹中。

   （2）代理服务器的地址为 201.156.34.1，端口为 8080。将设置后的"代理服务器设置"对话框拷屏，以 IE2.20-2-2.bmp 为文件名，保存到考生文件夹中。

第三单元　IE 6.0 使用入门

3.1　第 1 题

【操作要求】

1. **自定义安装 IE6.0，其中安装的组件必须包括 IE6.0 Web 浏览器、脱机浏览软件包、Internet 连接向导和 IE 核心字体。**

   将自定义安装"组件选项"结果拷屏，以 IE3.1-1.bmp 为文件名，保存到考生文件夹中。

2. **浏览 http://www.bhp.com.cn 的网页。**

   将该网页拷屏，以 IE3.1-2.bmp 为文件名，保存到考生文件夹中。

3. **将该网页添加到收藏夹中，名字改为"最喜欢的网页"。**

   将"添加到收藏夹"对话框拷屏，以 IE3.1-3.bmp 为文件名，保存到考生文件夹中。

4. **将已打开的 http://www.bhp.com.cn 网站主页保存。**

   将该主页以 IE3.1-4.htm 为文件名，保存到考生文件夹中。

5. **按日期查看历史记录，查看一个星期前浏览过的网页的情况。**

   将历史记录栏拷屏，以 IE3.1-5.bmp 为文件名，保存到考生文件夹中。

6. **在当前网页查找"图形学"字符串。**

   将"查找"对话框拷屏，以 IE3.1-6.bmp 为文件名，保存到考生文件夹中。

7. **打开媒体栏，启动收音机向导。**

   将打开后的向导页面拷屏，以 IE3.1-7.bmp 为文件名，保存到考生文件夹中。

3.2　第 2 题

【操作要求】

1. 自定义安装 IE6.0，其中安装的组件必须包括 IE6.0 Web 浏览器和脱机浏览软件包。

   将自定义安装"组件选项"结果拷屏，以 IE3.2-1.bmp 为文件名，保存到考生文件夹中。

2. 键入 http://www.microsoft.com 浏览该站点主页。

   将该主页拷屏，以 IE3.2-2.bmp 为文件名，保存到考生文件夹中。

3. 在收藏夹中新建文件夹，名称为"我的收藏"。

   将"整理收藏夹"对话框拷屏，以 IE3.2-3.bmp 为文件名，保存到考生文件夹中。

4. 将网页上的任意一个图片保存到考生文件夹中。

   将"保存图片"对话框拷屏，以 IE3.2-4.bmp 为文件名，保存到考生文件夹中。

5. 按日期查看历史记录，查看今天浏览过的网页的情况。

   将"历史记录栏"拷屏，以 IE3.2-5.bmp 为文件名，保存到考生文件夹中。

6. 在当前网页查找"计算机"字符串。

   将"查找"对话框拷屏，以 IE3.2-6.bmp 为文件名，保存到考生文件夹中。

7. 打开媒体栏，选择"更多媒体"。

   将进入的链接页面拷屏，以 IE3.2-7.bmp 为文件名，保存到考生文件夹中。

3.3 第 3 题

【操作要求】

1. 自定义安装 IE6.0，其中安装的组件必须包括 IE6.0 Web 浏览器和 IE 核心字体。

   将自定义安装"组件选项"结果拷屏，以 IE3.3-1.bmp 为文件名，保存到考生文件夹中。

2. 浏览 http://www.cctv.com 主页。

   将当前网页拷屏，以 IE3.3-2.bmp 为文件名，保存到考生文件夹中。

3. 打开收藏夹栏，查看当前收藏夹中的内容。

   将当前打开的收藏夹栏拷屏，以 IE3.3-3.bmp 为文件名，保存到考生文件夹中。

4. 保存 http://www.cctv.com 主页上的任一图片。

   将"保存图片"对话框拷屏，以 IE3.3-4.bmp 为文件名，保存到考生文件夹中。

5. 打开历史记录栏，按站点查看浏览过的网页的情况。

   将历史记录栏拷屏，以 IE3.3-5.bmp 为文件名，保存到考生文件夹中。

6. 在当前网页中查找字符串"Digger"，要求区分大小写。

   将"查找"对话框拷屏，以 IE3.3-6.bmp 为文件名，保存到考生文件夹中。

7. 打开媒体栏，设置在单独的窗口中运行"媒体"栏。

   将设置后的媒体对话框拷屏，以 IE3.3-7.bmp 为文件名，保存到考生文件夹中。

3.4 第4题

【操作要求】

1. **自定义安装 IE6.0，其中安装的组件必须包括 IE6.0 Web 浏览器、Internet 连接向导和 IE 核心字体。**

   将自定义安装"组件选项"结果拷屏，以 IE3.4-1.bmp 为文件名，保存到考生文件夹中。

2. **浏览 http://www.163.net 网站主页。**

   将该网页拷屏，以 IE3.4-2.bmp 为文件名，保存到考生文件夹中。

3. **将当前的网页添加到收藏夹中，命名为 163。**

   将"添加到收藏夹"对话框拷屏，以 IE3.4-3.bmp 为文件名，保存到考生文件夹中。

4. **将网站 http://www.163.net 主页上的任一链接网页保存。**

   将该网页以 IE3.4-4.htm 为文件名保存到考生文件夹中。

5. **打开历史记录栏，按访问次数查看浏览过的网页的情况。**

   将历史记录栏拷屏，以 IE3.4-5.bmp 为文件名，保存到考生文件夹中。

6. **在当前网页中查找"中国"字符串。**

   将"查找"对话框拷屏，以 IE3.4-6.bmp 为文件名，保存到考生文件夹中。

7. **打开媒体工具栏，通过栏上链接来获得更多媒体。**

   将打开媒体工具栏后的网页拷屏，以 IE3.4-7.bmp 为文件名，保存到考生文件夹中。

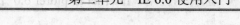

3.5　第 5 题

【操作要求】

1. 自定义安装 IE6.0，其中安装的组件必须包括 IE6.0 Web 浏览器和 Internet 连接向导。

　　将自定义安装"组件选项"结果拷屏，以 IE3.5-1.bmp 为文件名，保存到考生文件夹中。

2. 登录 http://www.263.net 网站主页。

　　将该网页拷屏，以 IE3.5-2.bmp 为文件名，保存到考生文件夹中。

3. 在收藏夹中新建一个文件夹，名称为"我的最爱"，然后将网页 www. 263.net 收藏到该文件夹下。

　　将"添加到收藏夹"对话框拷屏，以 IE3.5-3.bmp 为文件名，保存到考生文件夹中。

4. 将当前页面保存。

　　将当前网页以 IE3.5-4.htm 为文件名，保存到考生文件夹中。

5. 按日期查看历史记录，查看今天浏览过的网页的情况。

　　将历史记录栏拷屏，以 IE3.5-5.bmp 为文件名，保存到考生文件夹中。

6. 在当前页面查找"联想"字符串。

　　将"查找"对话框拷屏，以 IE3.5-6.bmp 为文件名，保存到考生文件夹中。

7. 打开 IE6.0 中自带的 Media 播放器，设置在栏中播放 Web 媒体。

　　将设置菜单拷屏，以 IE3.5-7.bmp 为文件名，保存到考生文件夹中。

3.6   第 6 题

【操作要求】

1. 自定义安装 IE6.0，其中安装的组件必须包括 IE6.0 Web 浏览器、脱机浏览软件包和 Internet 连接向导。

   将自定义安装"组件选项"结果拷屏，以 IE3.6-1.bmp 为文件名，保存到考生文件夹中。

2. 浏览 http://www.sina.com 网页。

   将该网页拷屏，以 IE3.6-2.bmp 为文件名，保存到考生文件夹中。

3. 将网页 http://www.sina.com 收藏到收藏夹中。

   将"添加到收藏夹"对话框拷屏，以 IE3.6-3.htm 为文件名，保存到考生文件夹中。

4. 保存"新浪"主页中的任一图片。

   将"保存图片"对话框拷屏，以 IE3.6-4.bmp 为文件名，保存到考生文件夹中。

5. 按访问次数查看历史记录。

   将历史记录栏拷屏，以 IE3.6-5.bmp 为文件名，保存到考生文件夹中。

6. 在当前页面查找"Legend"字符串，要求区分大小写。

   将"查找"对话框拷屏，以 IE3.6-6.bmp 为文件名，保存到考生文件夹中。

7. 打开媒体栏，选择播放 C:\2002IE6\Unit3\happy.mp3 文件。

   将"打开"对话框拷屏，以 IE3.6-7.bmp 为文件名，保存到考生文件夹中。

3.7 第 7 题

【操作要求】

1. **自定义安装 IE6.0，其中安装的组件必须包括 IE6.0 Web 浏览器。**

   将自定义安装"组件选项"结果拷屏，以 IE3.7-1.bmp 为文件名，保存到考生文件夹中。

2. **打开浏览器，在地址栏中键入 http://www.hotmail.com，进入该网站主页。**

   将该网站主页拷屏，以 IE3.7-2.bmp 为文件名，保存到考生文件夹中。

3. **将该网页添加到收藏夹中，名字改为"我的邮件"。**

   将"添加到收藏夹"对话框拷屏，以 IE3.7-3.bmp 为文件名，保存到考生文件夹中。

4. **保存目前打开的网页。**

   将当前网页以 IE3.7-4.htm 为文件名，保存到考生文件夹中。

5. **打开历史记录栏，在历史记录中搜索"bbs"。**

   将搜索完毕后的历史记录栏拷屏，以 IE3.7-5.bmp 为文件名，保存到考生文件夹中。

6. **在当前网页查找"MSN Explorer"字符串，要求全字匹配，区分大小写。**

   将"查找"对话框拷屏，以 IE3.7-6.bmp 为文件名，保存到考生文件夹中。

7. **打开 IE6.0 中自带的 Media 播放器，设置询问首选的类型。**

   将弹出的"媒体栏设置"对话框拷屏，以 IE3.7-7.bmp 为文件名，保存到考生文件夹中。

3.8　第 8 题

【操作要求】

1. 自定义安装 IE6.0，其中安装的组件必须包括 IE6.0 Web 浏览器、脱机浏览软件包和 IE 核心字体。

   将自定义安装"组件选项"结果拷屏，以 IE3.8-1.bmp 为文件名，保存到考生文件夹中。

2. 浏览 http://www.yahoo.com.cn 网站的主页。

   将当前网页拷屏，以 IE3.8-2.bmp 为文件名，保存到考生文件夹中。

3. 将该网页添加到收藏夹中，名字改为"雅虎主页"。

   将"添加到收藏夹"对话框拷屏，以 IE3.8-3.bmp 为文件名，保存到考生文件夹中。

4. 保存主页中任一链接网页。

   将该链接目标网页以 IE3.8-4.htm 为文件名，保存到考生文件夹中。

5. 按今天的访问顺序查看历史记录。

   将历史记录栏拷屏，以 IE3.8-5.bmp 为文件名，保存到考生文件夹中。

6. 在当前网页查找"邮件申请"字符串，要求方向向上。

   将"查找"对话框拷屏，以 IE3.8-6.bmp 为文件名，保存到考生文件夹中。

7. 打开 IE6.0 中自带的 Media 播放器，设置重设首选的类型。

   将弹出的"媒体栏设置"对话框拷屏，以 IE3.8-7.bmp 为文件名，保存到考生文件夹中。

3.9 第 9 题

【操作要求】

1. **自定义安装 IE6.0，其中安装的组件必须包括脱机浏览软件包、Internet 连接向导和 IE 核心字体。**

   将自定义安装"组件选项"结果拷屏，以 IE3.9-1.bmp 为文件名，保存到考生文件夹中。

2. **浏览"北京希望电子出版社"网站主页 http://www.bhp.com.cn。**

   将该主页拷屏，以 IE3.9-2.bmp 为文件名，保存到考生文件夹中。

3. **将该网页添加到收藏夹中"链接"文件夹下，名字改为"希望"。**

   将"添加到收藏夹"对话框拷屏，以 IE3.9-3.bmp 为文件名，保存到考生文件夹中。

4. **将"希望"主页面中"最近新书"链接保存。**

   将该链接以 IE3.9-4.htm 为文件名，保存到考生文件夹中。

5. **在历史记录栏中，查看"今天访问过的网页"。**

   将历史记录栏拷屏，以 IE3.9-5.bmp 为文件名，保存到考生文件夹中。

6. **在当前网页中查找"Email"字符串。**

   将"查找"对话框拷屏，以 IE3.9-6.bmp 为文件名，保存到考生文件夹中。

7. **打开媒体栏，选择播放 C:\2002IE6\Unit3\found.mp3 文件。**

   将"打开"对话框拷屏，以 IE3.9-7.bmp 为文件名，保存到考生文件夹中。

3.10　第 10 题

【操作要求】

1. 自定义安装 IE6.0，其中安装的组件必须包括 IE6.0 Web 浏览器和 IE 核心字体。

   将自定义安装"组件选项"结果拷屏，以 IE3.10-1.bmp 为文件名，保存到考生文件夹中。

2. 浏览"搜狐"网站主页 http://www.sohu.com。

   将该网页拷屏，以 IE3.10-2.bmp 为文件名，保存到考生文件夹中。

3. 整理收藏夹，新建一个文件夹，名称为"考试"。

   将添加后的"整理收藏夹"对话框拷屏，以 IE3.10-3.bmp 为文件名，保存到考生文件夹中。

4. 保存当前网页。

   将当前网页以 IE3.10-4.htm 为文件名，保存到考生文件夹中。

5. 按日期查看历史记录，查看"星期一"浏览过的网页的情况。

   将历史记录栏拷屏，以 IE3.10-5.bmp 为文件名，保存到考生文件夹中。

6. 在当前网页中查找"friends"字符串。

   将"查找"对话框拷屏，以 IE3.10-6.bmp 为文件名，保存到考生文件夹中。

7. 打开媒体栏，选择播放 C:\2002IE6\Unit3\computer.mp3 文件。

   将"打开"对话框拷屏，以 IE3.10-7.bmp 为文件名，保存到考生文件夹中。

3.11　第 11 题

【操作要求】

1. 自定义安装 IE6.0，其中安装的组件必须包括 IE6.0 Web 浏览器、Internet 连接向导和 IE 核心字体。

   将自定义安装"组件选项"结果拷屏，以 IE3.11-1.bmp 为文件名，保存到考生文件夹中。

2. 浏览 http://www.tom.com 网站的网页。

   将该网页拷屏，以 IE3.11-2.bmp 为文件名，保存到考生文件夹中。

3. 将该网页添加到收藏夹中，名字改为"tom.com"。

   将"添加到收藏夹"对话框拷屏，以 IE3.11-3.bmp 为文件名，保存到考生文件夹中。

4. 保存当前页面中任一图片。

   将"保存图片"对话框拷屏，以 IE3.11-4.bmp 为文件名，保存到考生文件夹中。

5. 按站点查看历史记录，查看"www.tom.com"的情况。

   将历史记录栏拷屏，以 IE3.11-5.bmp 为文件名，保存到考生文件夹中。

6. 在当前网页查找"甲级联赛"字符串。

   将"查找"对话框拷屏，以 IE3.11-6.bmp 为文件名，保存到考生文件夹中。

7. 打开媒体栏，设置在媒体栏中播放 Web 媒体。

   将向导页面拷屏，以 IE3.11-7.bmp 为文件名，保存到考生文件夹中。

3.12　第 12 题

【操作要求】

1. 自定义安装 IE6.0，其中安装的组件必须包括 IE6.0 Web 浏览器和 IE 核心字体。

   将自定义安装"组件选项"结果拷屏，以 IE3.12-1.bmp 为文件名，保存到考生文件夹中。

2. 浏览 http://www.cctv.com.cn 网站的网页。

   将该网页拷屏，以 IE3.12-2.bmp 为文件名，保存到考生文件夹中。

3. 将该网页添加到收藏夹中，名字改为"中央电视台"。

   将"添加到收藏夹"对话框拷屏，以 IE3.12-3.bmp 为文件名，保存到考生文件夹中。

4. 保存当前网页。

   将当前网页以 IE3.12-4.htm 为文件名，保存到考生文件夹中。

5. 按访问次数查看历史记录。

   将历史记录栏拷屏，以 IE3.12-5.bmp 为文件名，保存到考生文件夹中。

6. 在当前网页查找"United Nation"字符串，要求区分大小写。

   将"查找"对话框拷屏，以 IE3.12-6.bmp 为文件名，保存到考生文件夹中。

7. 打开媒体栏，选择播放 C:\2002IE6\Unit3\media.mp3 文件。

   将"打开"对话框拷屏，以 IE3.12-7.bmp 为文件名，保存到考生文件夹中。

3.13　第 13 题

【操作要求】

1. 自定义安装 IE6.0，其中安装的组件必须包括 Internet 连接向导和 IE 核心字体。

   将自定义安装"组件选项"结果拷屏，以 IE3.13-1.bmp 为文件名，保存到考生文件夹中。

2. 浏览 http://www.kaxiu.com 网站的网页。

   将该网页拷屏，以 IE3.13-2.bmp 为文件名，保存到考生文件夹中。

3. 将该网页添加到收藏夹中，名字改为"卡秀"。

   将"添加到收藏夹"对话框拷屏，以 IE3.13-3.bmp 为文件名，保存到考生文件夹中。

4. 保存网页上的任意一个链接。

   将"保存"对话框拷屏，以 IE3.13-4.bmp 为文件名，保存到考生文件夹中。

5. 按日期查看历史记录，查看上周浏览过的网页的情况。

   将历史记录栏拷屏，以 IE3.13-5.bmp 为文件名，保存到考生文件夹中。

6. 在当前网页查找"端午节"字符串。

   将"查找"对话框拷屏，以 IE3.13-6.bmp 为文件名，保存到考生文件夹中。

7. 打开媒体栏，选择播放 C:\2002IE6\Unit3\disc.mp3 文件。

   将"打开"对话框拷屏，以 IE3.13-7.bmp 为文件名，保存到考生文件夹中。

3.14　第 14 题

【操作要求】

1. 自定义安装 IE6.0，其中安装的组件必须包括脱机浏览软件包、Internet 连接向导和 IE 核心字体。

   将自定义安装"组件选项"结果拷屏，以 IE3.14-1.bmp 为文件名，保存到考生文件夹中。

2. 浏览 http://www.newhua.com 网站的网页。

   将该网页拷屏，以 IE3.14-2.bmp 为文件名，保存到考生文件夹中。

3. 将该网页添加到收藏夹中，名字改为"软件"。

   将"添加到收藏夹"对话框拷屏，以 IE3.14-3.bmp 为文件名，保存到考生文件夹中。

4. 保存当前网页。

   将当前网页以 IE3.14-4.htm 为文件名，保存到考生文件夹中。

5. 按站点查看历史记录，查看"www.newhua.com"的情况。

   将历史记录栏拷屏，以 IE3.14-5.bmp 为文件名，保存到考生文件夹中。

6. 在当前网页查找"数据恢复"字符串。

   将"查找"对话框拷屏，以 IE3.14-6.bmp 为文件名，保存到考生文件夹中。

7. 打开媒体栏，选择播放 C:\2002IE6\Unit3\hero.mp3 文件。

   将"打开"对话框拷屏，以 IE3.14-7.bmp 为文件名，保存到考生文件夹中。

3.15　第 15 题

【操作要求】

1. 自定义安装 IE6.0，其中安装的组件必须包括 IE6.0 Web 浏览器、脱机浏览软件包、Internet 连接向导和 IE 核心字体。

   将自定义安装"组件选项"结果拷屏，以 IE3.15-1.bmp 为文件名，保存到考生文件夹中。

2. 浏览 http://news.sohu.com 网站的网页。

   将该网页拷屏，以 IE3.15-2.bmp 为文件名，保存到考生文件夹中。

3. 整理收藏夹，新建一个文件夹，名字为"搜狐新闻"。

   将"添加到收藏夹"对话框拷屏，以 IE3.15-3.bmp 为文件名，保存到考生文件夹中。

4. 保存正在浏览的网页。

   将该网页以 IE3.15-4.htm 为文件名，保存到考生文件夹中。

5. 按站点查看历史记录，查看"news.sohu.com"的情况。

   将历史记录栏拷屏，以 IE3.15-5.bmp 为文件名，保存到考生文件夹中。

6. 在当前网页查找"主旋律"字符串。

   将"查找"对话框拷屏，以 IE3.15-6.bmp 为文件名，保存到考生文件夹中。

7. 打开媒体栏，选择播放 C:\2002IE6\Unit3\jack.mp3 文件。

   将"打开"对话框拷屏，以 IE3.15-7.bmp 为文件名，保存到考生文件夹中。

3.16　第 16 题

【操作要求】

1.　自定义安装 IE6.0，其中安装的组件必须包括 Internet 连接向导和 IE 核心字体。

　　将自定义安装"组件选项"结果拷屏，以 IE3.16-1.bmp 为文件名，保存到考生文件夹中。

2.　打开浏览器，在地址栏中键入网址 http://www.3721.com，登录该网站。

　　将该网页拷屏，以 IE3.16-2.bmp 为文件名，保存到考生文件夹中。

3.　将该网页添加到收藏夹中，名字改为"网络实名"。

　　将"添加到收藏夹"对话框拷屏，以 IE3.16-3.bmp 为文件名，保存到考生文件夹中。

4.　保存该网页中的任一链接。

　　将该链接目标以 IE3.16-4.htm 为文件名，保存到考生文件夹中。

5.　打开历史记录栏，从中搜索"computer"字符串。

　　将搜索完毕后的历史记录栏拷屏，以 IE3.16-5.bmp 为文件名，保存到考生文件夹中。

6.　在当前网页中查找"computer"字符串。

　　将"查找"对话框拷屏，以 IE3.16-6.bmp 为文件名，保存到考生文件夹中。

7.　打开媒体栏，选择播放 C:\2002IE6\Unit3\rose.mp3 文件。

　　将"打开"对话框拷屏，以 IE3.16-7.bmp 为文件名，保存到考生文件夹中。

3.17 第 17 题

【操作要求】

1. 自定义安装 IE6.0，其中安装的组件必须包括 IE6.0 Web 浏览器、脱机浏览软件包和 IE 核心字体。

   将自定义安装"组件选项"结果拷屏，以 IE3.17-1.bmp 为文件名，保存到考生文件夹中。

2. 打开浏览器，在地址栏中键入网址 http://sports.sohu.com，浏览网页。

   将该网页拷屏，以 IE3.17-2.bmp 为文件名，保存到考生文件夹中。

3. 将该网页添加到收藏夹中，名字改为"体育"。

   将"添加到收藏夹"对话框拷屏，以 IE3.17-3.bmp 为文件名，保存到考生文件夹中。

4. 保存 http://sports.sohu.com 网页中任一链接。

   将该链接目标以 IE3.17-4.htm 为文件名，保存到考生文件夹中。

5. 按今天的访问次序查看历史记录。

   将历史记录栏拷屏，以 IE3.17-5.bmp 为文件名，保存到考生文件夹中。

6. 在当前网页查找"冠军杯"字符串。

   将"查找"对话框拷屏，以 IE3.17-6.bmp 为文件名，保存到考生文件夹中。

7. 打开媒体栏，选择播放 C:\2002IE6\Unit3\sunny.mp3 文件。

   将"打开"对话框拷屏，以 IE3.17-7.bmp 为文件名，保存到考生文件夹中。

3.18   第 18 题

【操作要求】

1. 自定义安装 IE6.0，其中安装的组件必须包括 IE6.0 Web 浏览器和脱机浏览软件包。

   将自定义安装"组件选项"结果拷屏，以 IE3.18-1.bmp 为文件名，保存到考生文件夹中。

2. 登录网址为 http://www.kingsoft.net 的网站。

   将该网页拷屏，以 IE3.18-2.bmp 为文件名，保存到考生文件夹中。

3. 将该网页添加到收藏夹中，名字改为"金山"。

   将"添加到收藏夹"对话框拷屏，以 IE3.18-3.bmp 为文件名，保存到考生文件夹中。

4. 保存"金山"网站主页。

   将该主页以 IE3.18-4.htm 为文件名，保存到考生文件夹中。

5. 按日期查看历史记录，查看上两周访问过的网页的记录。

   将历史记录栏拷屏，以 IE3.18-5.bmp 为文件名，保存到考生文件夹中。

6. 在当前网页查找"翻译"字符串。

   将"查找"对话框拷屏，以 IE3.18-6.bmp 为文件名，保存到考生文件夹中。

7. 打开媒体栏，选择播放 C:\2002IE6\Unit3\britain.mp3 文件。

   将"打开"对话框拷屏，以 IE3.18-7.bmp 为文件名，保存到考生文件夹中。

3.19　第 19 题

【操作要求】

1. 自定义安装 IE6.0，其中安装的组件必须包括 IE6.0 Web 浏览器、脱机浏览软件包、Internet 连接向导和 IE 核心字体。

   将自定义安装"组件选项"结果拷屏，以 IE3.19-1.bmp 为文件名，保存到考生文件夹中。

2. 打开网站地址为 http://www.xishanju.com 的网页。

   将当前网页拷屏，以 IE3.19-2.bmp 为文件名，保存到考生文件夹中。

3. 整理收藏夹，新建一个文件夹，命名为"游戏"。

   将创建完毕后的"整理收藏夹"对话框拷屏，以 IE3.19-3.bmp 为文件名，保存到考生文件夹中。

4. 保存网页中的任一图片。

   将"保存图片"对话框拷屏，以 IE3.19-4.bmp 为文件名，保存到考生文件夹中。

5. 按日期查看历史记录，查看今天浏览过的网页的情况。

   将历史记录栏拷屏，以 IE3.19-5.bmp 为文件名，保存到考生文件夹中。

6. 在当前网页查找"第一人称"字符串。

   将"查找"对话框拷屏，以 IE3.19-6.bmp 为文件名，保存到考生文件夹中。

7. 打开媒体栏，选择播放 C:\2002IE6\Unit3\roman.mp3 文件。

   将"打开"对话框拷屏，以 IE3.19-7.bmp 为文件名，保存到考生文件夹中。

3.20 第 20 题

【操作要求】

1. 自定义安装 IE6.0，其中安装的组件必须包括 IE6.0 Web 浏览器、脱机浏览软件包、Internet 连接向导和 IE 核心字体。

   将自定义安装"组件选项"结果拷屏，以 IE3.20-1.bmp 为文件名，保存到考生文件夹中。

2. 浏览 web 地址为 http://www.duba.net 的网页。

   将该网页拷屏，以 IE3.20-2.bmp 为文件名，保存到考生文件夹中。

3. 将该网页添加到收藏夹中，名字改为"杀毒"。

   将"添加到收藏夹"对话框拷屏，以 IE3.20-3.bmp 为文件名，保存到考生文件夹中。

4. 保存当前网页。

   将该网页以 IE3.20-4.htm 为文件名，保存到考生文件夹中。

5. 打开历史记录栏，搜索"news"。

   将搜索完毕后的历史记录栏拷屏，以 IE3.20-5.bmp 为文件名，保存到考生文件夹中。

6. 在当前网页查找"CIH"字符串，要求全字匹配。

   将"查找"对话框拷屏，以 IE3.20-6.bmp 为文件名，保存到考生文件夹中。

7. 打开媒体栏，选择播放 C:\2002IE6\Unit3\crazy.mp3 文件。

   将"打开"对话框拷屏，以 IE3.20-7.bmp 为文件名，保存到考生文件夹中。

第四单元　IE 6.0 常用操作

4.1　第 1 题

【操作要求】

1. **主页的设置：将网页的默认主页设置为** http://www.bhp.com.cn。

   将设置后的"Internet 选项"对话框"常规"选项卡界面拷屏，以 IE4.1-1.bmp 为文件名，保存到考生文件夹中。

2. **浏览器界面的设置：改变网页链接的颜色，将访问过的链接颜色设置为 "红色"。**

   将设置后的"颜色"对话框拷屏，以 IE4.1-2.bmp 为文件名，保存到考生文件夹中。

3. **文件管理、收藏夹的使用和常规选项设置：导出整个收藏夹。**

   将整个收藏夹导出，以 IE4.1-3.htm 为文件名，保存到考生文件夹中。

4. **更改 IE 浏览器布局：自定义工具栏，将工具栏中的 🖨 按钮取消。**

   将设置后的"自定义工具栏"对话框拷屏，以 IE4.1-4.bmp 为文件名，保存到考生文件夹中。

5. **历史记录、临时文件夹设置：将保存在历史记录中的天数设置为 10 天。**

   将设置后的"Internet 选项"对话框"常规"选项卡界面拷屏，以 IE4.1-5.bmp 为文件名，保存到考生文件夹中。

6. **帮助文件、脱机浏览：使用 IE 帮助文件，索引关键字为"显示用户列表"的内容。**

   将索引结果界面拷屏，以 IE4.1-6.bmp 为文件名，保存到考生文件夹中。

4.2　第 2 题

【操作要求】

1. **主页的设置：将网页的默认主页设置为"使用空白页"。**

   将设置后的"Internet 选项"对话框"常规"选项卡界面拷屏，以 IE4.2-1.bmp 为文件名，保存到考生文件夹中。

2. **浏览器界面的设置：在当前主页的语言编码方式中选择"简体中文（HZ）"。**

   将设置菜单拷屏，以 IE4.2-2.bmp 为文件名，保存到考生文件夹中。

3. **文件管理、收藏夹的使用和常规选项设置：将收藏夹中的"链接"文件夹导出。**

   将收藏夹中的"链接"文件夹导出，以 IE4.2-3.htm 为文件名，保存到考生文件夹中。

4. **更改 IE 浏览器布局：改变浏览器外观，将工具栏中的 按钮取消。**

   将取消"搜索"按钮后的浏览器界面拷屏，以 IE4.2-4.bmp 为文件名，保存到考生文件夹中。

5. **历史记录、临时文件夹设置：将保存在历史记录中的天数设置为 5 天。**

   将设置后的对话框拷屏，以 IE4.2-5.bmp 为文件名，保存到考生文件夹中。

6. **帮助文件、脱机浏览：使用 IE 帮助文件，在索引中查找关键字为"新用户"的内容。**

   将索引结果界面拷屏，以 IE4.2-6.bmp 为文件名，保存到考生文件夹中。

4.3　第 3 题

【操作要求】

1. **主页的设置：将网页的默认主页设置为"使用默认页"。**

   将设置后的"Internet 选项"对话框"常规"选项卡界面拷屏，以 IE4.3-1.bmp 为文件名，保存到考生文件夹中。

2. **浏览器界面的设置：查看当前网页文件的源文件。**

   将查看到的源文件代码，以 IE4.3-2.txt 为文件名，保存到考生文件夹中。

3. **文件管理、收藏夹的使用和常规选项设置：导出收藏夹中"频道"文件夹。**

   将收藏夹中的"频道"文件夹导出，以 IE4.3-3.htm 为文件名，保存到考生文件夹中。

4. **更改 IE 浏览器布局：自定义工具栏，设置工具栏中图标的文字置于图标的右侧。**

   将设置后的"工具栏"拷屏，以 IE4.3-4.bmp 为文件名，保存到考生文件夹中。

5. **历史记录、临时文件夹设置：将保存在历史记录中的天数设置为 30 天。**

   将设置后的"Internet 选项"对话框"常规"选项卡界面拷屏，以 IE4.3-5.bmp 为文件名，保存到考生文件夹中。

6. **帮助文件、脱机浏览：查看当前 IE 的版本信息。**

   将设置后的"关于 Internet Explorer 选项"对话框拷屏，以 IE4.3-6.bmp 为文件名，保存到考生文件夹中。

4.4 第 4 题

【操作要求】

1. **主页的设置：将网页的默认主页设置为当前页。**

   将设置后的"Internet 选项"对话框"常规"选项卡界面拷屏，以 IE4.4-1.bmp 为文件名，保存到考生文件夹中。

2. **浏览器界面的设置：将网访问后链接的颜色设置为"蓝色"。**

   将设置后的"颜色"对话框拷屏，以 IE4.2-2.bmp 为文件名，保存到考生文件夹中。

3. **文件管理、收藏夹的使用和常规选项设置：在"历史记录"里浏览"今天"访问过的站点。**

   将浏览后的浏览器"历史记录"栏拷屏，以 IE4.4-3.bmp 为文件名，保存到考生文件夹中。

4. **更改 IE 浏览器布局：自定义工具栏，使浏览器工具栏上的图标设置为"无文字"、"大图标"标签。**

   将设置后的工具栏拷屏，以 IE4.4-4.bmp 为文件名，保存到考生文件夹中。

5. **历史记录、临时文件夹设置：清除所有历史记录。**

   将设置后的"Internet 选项"提示框拷屏，以 IE4.4-5.bmp 为文件名，保存到考生文件夹中。

6. **帮助文件、脱机浏览：打开每日提示。**

   将打开每日提示的操作菜单拷屏，以 IE4.4-6.bmp 为文件名，保存到考生文件夹中。

4.5　第 5 题

【操作要求】

1. **主页的设置：将网页的默认主页设置为空白页。**

   将设置后的"Internet 选项"对话框"常规"选项卡界面拷屏，以 IE4.5-1.bmp 为文件名，保存到考生文件夹中。

2. **浏览器界面的设置：打开 http://www.bhp.com.cn 主页，查看该网页源文件。**

   将该主网页源文件以 IE4.5-2.txt 为文件名，保存到考生文件夹中。

3. **文件管理、收藏夹的使用和常规选项设置：打开"整理收藏夹"对话框。**

   将"整理收藏夹"对话框拷屏，以 IE4.5-3.bmp 为文件名，保存到考生文件夹中。

4. **更改 IE 浏览器布局：锁定工具栏。**

   将锁定工具栏后的操作菜单拷屏，以 IE4.5-4.bmp 为文件名，保存到考生文件夹中。

5. **历史记录、临时文件夹设置：将保存在历史记录中的天数设置为 60 天。**

   将设置后的"Internet 选项"对话框"常规"选项卡界面拷屏，以 IE4.5-5.bmp 为文件名，保存到考生文件夹中。

6. **帮助文件、脱机浏览：启动联机支持。**

   将启动联机支持的操作菜单拷屏，以 IE4.5-6.bmp 为文件名，保存到考生文件夹中。

4.6 第 6 题

【操作要求】

1. **主页的设置：将网页的默认主页设置为 http://www.google.com。**

   将设置后的"Internet 选项"对话框"常规"选项卡界面拷屏，以 IE4.6-1.bmp 为文件名，保存到考生文件夹中。

2. **浏览器界面的设置：设置链接使用悬停颜色。**

   将设置后的"颜色"对话框拷屏，以 IE4.6-2.bmp 为文件名，保存到考生文件夹中。

3. **文件管理、收藏夹的使用和常规选项设置：导出整个收藏夹。**

   将整个收藏夹导出，以 IE4.6-3.htm 为文件名，保存到考生文件夹中。

4. **更改 IE 浏览器布局：自定义工具栏，将工具栏中的 历史 按钮取消。**

   将操作后的"工具栏"拷屏，以 IE4.6-4.bmp 为文件名，保存到考生文件夹中。

5. **历史记录、临时文件夹设置：将保存在历史记录中的天数设置为 5 天。**

   将设置后的"Internet 选项"对话框"常规"选项卡界面拷屏，以 IE4.6-5.bmp 为文件名，保存到考生文件夹中。

6. **帮助文件、脱机浏览：使用 IE 帮助文件，在索引中查找关键字为"安装新桌面"的内容。**

   将索引结果界面拷屏，以 IE4.6-6.bmp 为文件名，保存到考生文件夹中。

4.7 第 7 题

【操作要求】

1. **主页的设置**：将网页的默认主页设置为 http://www.263.net。

   将设置后的"Internet 选项"对话框"常规"选项卡界面拷屏，以 IE4.7-1.bmp 为文件名，保存到考生文件夹中。

2. **浏览器界面的设置**：将当前主页的语言的编码方式改为"繁体中文"。

   将设置"繁体中文"命令的菜单拷屏，以 IE4.7-2.bmp 为文件名，保存到考生文件夹中。

3. **文件管理、收藏夹的使用和常规选项设置**：新建一个名为"爱好"的收藏夹。

   将添加后的"整理收藏夹"对话框拷屏，以 IE4.7-3.bmp 为文件名，保存到考生文件夹中。

4. **更改 IE 浏览器布局**：在 IE 浏览器工具栏中显示历史记录图标。

   将添加图标后的浏览器"工具栏"界面拷屏，以 IE4.7-4.bmp 为文件名，保存到考生文件夹中。

5. **历史记录、临时文件夹设置**：将保存在历史记录中的天数设置为 15 天。

   将设置后的"Internet 选项"对话框"常规"选项卡界面拷屏，以 IE4.7-5.bmp 为文件名，保存到考生文件夹中。

6. **帮助文件、脱机浏览**：使用 IE6.0 帮助文件，在索引中查找关键字为"调制解调器，疑难解答"的内容。

   将索引结果界面拷屏，以 IE4.7-6.bmp 为文件名，保存到考生文件夹中。

4.8　第 8 题

【操作要求】

1. **主页的设置**：将网页的默认主页设置为 http://www.sina.com.cn。

   将设置后的"Internet 选项"对话框"常规"选项卡界面拷屏，以 IE4.8-1.bmp 为文件名，保存到考生文件夹中。

2. **浏览器界面的设置**：打开 http://www.bhp.com.cn 主页，浏览器的文字大小设置为"最大"。

   将设置"最大"命令的菜单拷屏，以 IE4.8-2.bmp 为文件名，保存到考生文件夹中。

3. **文件管理、收藏夹的使用和常规选项设置**：导出收藏夹中的"媒体"文件夹。

   导出收藏夹中的"媒体"文件夹，以 IE4.8-3.htm 为文件名，保存到考生文件夹中。

4. **更改 IE 浏览器布局**：自定义工具栏，将工具栏中的"主页" 图标按钮取消。

   将取消"主页" 图标后的浏览器拷屏，以 IE4.8-4.bmp 为文件名，保存到考生文件夹中。

5. **历史记录、临时文件夹设置**：设置临时文件夹的存储空间为 300MB。

   将设置后的"设置"对话框拷屏，以 IE4.8-5.bmp 为文件名，保存到考生文件夹中。

6. **帮助文件、脱机浏览**：打开 IE6.0 帮助文件，在索引中查找关键字为"文件夹，Web 风格"的内容。

   将索引信息界面拷屏，以 IE4.8-6.bmp 为文件名，保存到考生文件夹中。

4.9 第 9 题

【操作要求】

1. **主页的设置：将网页的默认主页设置为空白页。**

   将设置后的"Internet 选项"对话框"常规"选项卡界面拷屏，以 IE4.9-1.bmp 为文件名，保存到考生文件夹中。

2. **浏览器界面的设置：登录到 http://www.bhp.com.cn 主页，将访问过的链接颜色设置为"绿色"。**

   将设置后的"颜色"对话框拷屏，以 IE4.9-2.bmp 为文件名，保存到考生文件夹中。

3. **文件管理、收藏夹的使用和常规选项设置：设置"不使用网页中指定的字体大小"。**

   将设置后的"辅助功能"对话框拷屏，以 IE4.9-3.bmp 为文件名，保存到考生文件夹中。

4. **更改 IE 浏览器布局：取消工具栏中的所有标准按钮。**

   将取消工具栏中标准按钮后的浏览器界面拷屏，以 IE4.9-4.bmp 为文件名，保存到考生文件夹中。

5. **历史记录、临时文件夹设置：删除所有临时文件。**

   将"删除文件"对话框拷屏，以 IE4.9-5.bmp 为文件名，保存到考生文件夹中。

6. **帮助文件、脱机浏览：使用 IE 帮助文件，在索引中查找关键字为"设置 Internet 连接"的内容。**

   将索引结果界面拷屏，以 IE4.9-6.bmp 为文件名，保存到考生文件夹中。

4.10　第 10 题

【操作要求】

1. **主页的设置**：将网页的默认主页设置为 http://www.yahoo.com。

   将设置后的"Internet 选项"对话框"常规"选项卡界面拷屏，以 IE4.10-1.bmp 为文件名，保存到考生文件夹中。

2. **浏览器界面的设置**：将当前主页的语言的编码方式为"简体中文（GB 2312）"。

   将设置"简体中文（GB 2312）"的菜单拷屏，以 IE4.10-2.bmp 为文件名，保存到考生文件夹中。

3. **文件管理、收藏夹的使用和常规选项设置**：导出收藏夹中的"媒体"文件夹。

   将收藏夹中的"媒体"文件夹导出，以 IE4.10-3.htm 为文件名，保存到考生文件夹中。

4. **更改 IE 浏览器布局**：取消浏览器上的地址栏。

   将操作后的浏览器界面拷屏，以 IE4.10-4.bmp 为文件名，保存到考生文件夹中。

5. **历史记录、临时文件夹设置**：查看 Internet 临时文件夹中的对象。

   将查看结果界面拷屏，以 IE4.10-5.bmp 为文件名，保存到考生文件夹中。

6. **帮助文件、脱机浏览**：使用 IE6.0 的帮助文件，在索引中查找关键字为"打印网页"的内容。

   将索引结果界面拷屏，以 IE4.10-6.bmp 为文件名，保存到考生文件夹中。

4.11　第 11 题

【操作要求】

1. **主页的设置**：设置 http://www.china.com 网页为默认主页。

   将设置后的"Internet 选项"对话框"常规"选项卡界面拷屏，以 IE4.11-1.bmp 为文件名，保存到考生文件夹中。

2. **浏览器界面的设置**：为浏览方便，改变网页字体的大小为"最大"。

   将设置后的菜单拷屏，以 IE4.11-2.bmp 为文件名，保存到考生文件夹中。

3. **文件管理、收藏夹的使用和常规选项设置**：将当前页面发送到桌面快捷方式。

   将该操作后的 Windows 桌面拷屏，以 IE4.11-3.bmp 为文件名，保存到考生文件夹中。

4. **更改 IE 浏览器布局**：自定义工具栏，将工具栏中的停止按钮取消。

   将取消工具栏中"停止"按钮后的浏览器界面拷屏，以 IE4.11- 4.bmp 为文件名，保存到考生文件夹中。

5. **历史记录、临时文件夹设置**：将历史记录中保存天数设置改为 25 天。

   将设置后的"Internet 选项"对话框"常规"选项卡界面拷屏，以 IE4.11-5.bmp 为文件名，保存到考生文件夹中。

6. **帮助文件、脱机浏览**：使用 IE6.0 帮助文件，在索引中查找关于"收藏"的信息。

   将索引结果界面拷屏，以 IE4.11-6.bmp 为文件名，保存到考生文件夹中。

4.12　第 12 题

【操作要求】

1. **主页的设置：将网页的默认主页设置为** http://bbs.nankai.edu.cn，**登录该网站。**

   将设置后的"Internet 选项"对话框"常规"选项卡界面拷屏，以 IE4.12-1.bmp 为文件名，保存到考生文件夹中。

2. **浏览器界面的设置：将当前主页的字体设置为"繁体中文"。**

   将设置"繁体中文"的菜单拷屏，以 IE4.12-2.bmp 为文件名，保存到考生文件夹中。

3. **文件管理、收藏夹的使用和常规选项设置：导出收藏夹中的"频道"文件夹。**

   将收藏夹中的"频道"文件夹导出，以 IE4.12-3.htm 为文件名，保存到考生文件夹中。

4. **更改 IE 浏览器布局：将 IE6.0 工具栏上的图标设置为"小图标"。**

   将设置后的浏览器界面拷屏，以 IE4.12-4.bmp 为文件名，保存到考生文件夹中。

5. **历史记录、临时文件夹设置：设置 IE 临时文件夹为"考生文件夹"。**

   将设置后的"设置"对话框拷屏，以 IE4.12-5.bmp 为文件名，保存到考生文件夹中。

6. **帮助文件、脱机浏览：使用 IE6.0 帮助文件，在索引中查阅关于"历史记录"的信息。**

   将索引结果界面拷屏，以 IE4.12-6.bmp 为文件名，保存到考生文件夹中。

4.13　第 13 题

【操作要求】

1. **主页的设置**：将网页的默认主页设置为 http://www.sohu.com。

   将设置后的"Internet 选项"对话框"常规"选项卡界面拷屏，以 IE4.13-1.bmp 为文件名，保存到考生文件夹中。

2. **浏览器界面的设置**：为了不重复访问，改变网页链接的颜色为"白色"。

   将设置后的"颜色"对话框拷屏，以 IE4.13-2.bmp 为文件名，保存到考生文件夹中。

3. **文件管理、收藏夹的使用和常规选项设置**：将收藏夹中的"个人"文件夹导出。

   将"个人"文件夹导出，以 IE4.13-3.htm 为文件名，导出到考生文件夹中。

4. **更改 IE 浏览器布局**：设置 IE6.0 工具栏，取消工具栏上的所有图标。

   将操作后的浏览器界面拷屏，以 IE4.13-4.bmp 为文件名，保存到考生文件夹中。

5. **历史记录、临时文件夹设置**：清除所有已访问过网站的历史记录。

   将设置后的"Internet 选项"提示对话框拷屏，以 IE4.13-5.bmp 为文件名，保存到考生文件夹中。

6. **帮助文件、脱机浏览**：设置"脱机浏览"。

   将设置"脱机浏览"的菜单界面拷屏，以 IE4.13-6.bmp 为文件名，保存到考生文件夹中。

4.14　第 14 题

【操作要求】

1. **主页的设置：将网页的默认主页设置为** http://www.microsoft.com。

   将设置后的"Internet 选项"对话框"常规"选项卡界面拷屏，以 IE4.14-1.bmp 为文件名，保存到考生文件夹中。

2. **浏览器界面的设置：查看当前网页的"源文件"。**

   将查看"源文件"的结果界面拷屏，以 IE4.14-2.bmp 为文件名，保存到考生文件夹中。

3. **文件管理、收藏夹的使用和常规选项设置：在"语言首选项"中设置优先级最高的语言为 Chinese。**

   将设置后的"语言首选项"对话框拷屏，以 IE4.14-3.bmp 为文件名，保存到考生文件夹中。

4. **更改 IE 浏览器布局：设置"在地址栏中搜索时，显示结果，然后转到最相似的站点"。**

   将设置后的"Internet 选项"对话框"高级"选项卡界面拷屏，以 IE4.14-4.bmp 为文件名，保存到考生文件夹中。

5. **历史记录、临时文件夹设置：将网页保存在历史记录中的天数设置为 40 天。**

   将设置后的"Internet 选项"对话框"常规"选项卡界面拷屏，以 IE4.14-5.bmp 为文件名，保存到考生文件夹中。

6. **帮助文件、脱机浏览：取消"脱机浏览"。**

   将取消"脱机浏览"的设置菜单界面拷屏，以 IE4.14-6.bmp 为文件名，保存到考生文件夹中。

4.15　第 15 题

【操作要求】

1. **主页的设置：将网页的默认主页设置为** http://bbs.tsinghua.edu.cn。

   将设置后的"Internet 选项"对话框"常规"选项卡界面拷屏，以 IE4.15-1.bmp 为文件名，保存到考生文件夹中。

2. **浏览器界面的设置：设置"从不给链接加下划线"。**

   将设置后的"Internet 选项"对话框"高级"选项卡界面拷屏，以 IE4.15-2.bmp 为文件名，保存到考生文件夹中。

3. **文件管理、收藏夹的使用和常规选项设置：设置"不使用 Web 页中指定的字体大小"。**

   将设置后的"辅助功能"对话框拷屏，以 IE4.15-3.htm 为文件名，保存到考生文件夹中。

4. **更改 IE 浏览器布局：设置浏览器全屏显示。**

   将设置后的浏览器窗口拷屏，以 IE4.15-4.bmp 为文件名，保存到考生文件夹中。

5. **历史记录、临时文件夹设置：删除 Internet 临时文件，同时删除本地存储的所有脱机内容。**

   将设置后的"删除文件"对话框拷屏，以 IE4.15-5.bmp 为文件名，保存到考生文件夹中。

6. **帮助文件、脱机浏览：在 IE6.0 帮助文件中，在索引中查阅关于"安全"字符的信息。**

   将索引结果界面拷屏，以 IE4.15-6.bmp 为文件名，保存到考生文件夹中。

4.16　第 16 题

【操作要求】

1. **主页的设置：设置主页为"使用空白页"。**

   将设置后的"Internet 选项"对话框"常规"选项卡界面拷屏，以 IE4.16-1.bmp 为文件名，保存到考生文件夹中。

2. **浏览器界面的设置：设置浏览器"使用 Windows 颜色"。**

   将设置后的"颜色"对话框拷屏，以 IE4.16-2.bmp 为文件名，保存到考生文件夹中。

3. **文件管理、收藏夹的使用和常规选项设置：设置"不使用网页中指定的字体样式"。**

   将设置后的"辅助功能"对话框拷屏，以 IE4.16-3.bmp 为文件名，保存到考生文件夹中。

4. **更改 IE 浏览器布局：取消 IE6.0 工具栏中的标准按钮栏。**

   将操作后的 IE 浏览器界面拷屏，以 IE4.16-4.bmp 为文件名，保存到考生文件夹中。

5. **历史记录、临时文件夹设置：设置 Internet 临时文件夹的存储空间为 400MB。**

   将设置后的"设置"对话框拷屏，以 IE4.16-5.bmp 为文件名，保存到考生文件夹中。

6. **帮助文件、脱机浏览：启动联机支持。**

   将启动联机支持的操作菜单拷屏，以 IE4.16-6.bmp 为文件名保存到考生文件夹中。

4.17   第 17 题

【操作要求】

1. **主页的设置：设置网页的默认主页为** http://www.pku.edu.cn。

   将设置后的"Internet 选项"对话框"常规"选项卡界面拷屏，以 IE4.17-1.bmp 为文件名，保存到考生文件夹中。

2. **浏览器界面的设置：改变网页背景颜色，将网页背景颜色设置为"绿色"。**

   将设置后的浏览器窗口拷屏，以 IE4.17-2.bmp 为文件名，保存到考生文件夹中。

3. **文件管理、收藏夹的使用和常规选项设置：将 cookies 导出。**

   将 cookies 导出，以 IE4.17-3.txt 为文件名，保存到考生文件夹中。

4. **更改 IE 浏览器布局：取消 IE 工具栏的"标准按钮"和"地址栏"。**

   将操作后的浏览器窗口拷屏，以 IE4.17-4.bmp 为文件名，保存到考生文件夹中。

5. **历史记录、临时文件夹设置：查看存放在 Internet 临时文件夹中的文件。**

   将查看的临时文件夹拷屏，以 IE4.17-5.bmp 为文件名，保存到考生文件夹中。

6. **帮助文件、脱机浏览：打开 IE 目录与索引帮助页面。**

   将打开的 IE 目录与索引帮助页面拷屏，以 IE4.17-6.bmp 为文件名，保存到考生文件夹中。

4.18　第 18 题

【操作要求】

1. **主页的设置**：登录到 http://www.bhp.com.cn，并将网页的默认主页设置为当前页。

   将设置后的"Internet 选项"对话框"常规"选项卡界面拷屏，以 IE4.18-1.bmp 为文件名，保存到考生文件夹中。

2. **浏览器界面的设置**：设置"使用悬停颜色"为"红色"。

   将设置后的"颜色"对话框拷屏，以 IE4.18-2.bmp 为文件名，保存到考生文件夹中。

3. **文件管理、收藏夹的使用和常规选项设置**：在"语言首选项"中设置优先级最高的语言为"日语"。

   将设置后的"语言首选项"对话框拷屏，以 IE4.18-3.bmp 为文件名，保存到考生文件夹中。

4. **更改 IE 浏览器布局**：将 IE 浏览器地址栏中的"转到"按钮取消。

   将设置后的浏览器界面拷屏，以 IE4.18-4.bmp 为文件名，保存到考生文件夹中。

5. **历史记录、临时文件夹设置**：关闭"历史记录"和"收藏夹"中所有未使用的文件夹。

   将设置后的"Internet 选项"对话框"高级"选项卡界面拷屏，以 IE4.18-5.bmp 为文件名，保存到考生文件夹中。

6. **帮助文件、脱机浏览**：启动每日提示。

   将启动后每日提示的界面拷屏，以 IE4.18-6.bmp 为文件名，保存到考生文件夹中。

4.19　第 19 题

【操作要求】

1. **主页的设置：将网页的默认主页设置为 192.112.1.1。**

   将设置后的"Internet 选项"对话框"常规"选项卡界面拷屏，以 IE4.19-1.bmp 为文件名，保存到考生文件夹中。

2. **浏览器界面的设置：将"未访问过的链接"设置为"黑色"。**

   将设置后的"颜色"对话框拷屏，以 IE4.19-2.bmp 为文件名，保存到考生文件夹中。

3. **文件管理、收藏夹的使用和常规选项设置：导出收藏夹中的"媒体"文件夹。**

   将"导入/导出向导"对话框之三，"导出收藏夹源文件夹"界面拷屏，以 IE4.19-3.bmp 为文件名，保存到考生文件夹中。

4. **更改 IE 浏览器布局：将地址栏设置到浏览器标题栏之下。**

   将设置后的浏览器窗口拷屏，以 IE4.19-4.bmp 为文件名，保存到考生文件夹中。

5. **历史记录、临时文件夹设置：设置访问过历史记录的天数最多为 8 天。**

   将设置后的"Internet 选项"对话框"常规"选项卡界面拷屏，以 IE4.19-5.bmp 为文件名，保存到考生文件夹中。

6. **帮助文件、脱机浏览：启动联机支持。**

   将设置启动联机支持的界面拷屏，以 IE4.19-6.bmp 为文件名，保存到考生文件夹中。

4.20　第 20 题

【操作要求】

1. 主页的设置：**将网页的默认主页设置为 63.112.12.1。**

   将设置后的"Internet 选项"对话框"常规"选项卡界面拷屏，以 IE4.20-1.bmp 为文件名，保存到考生文件夹中。

2. 浏览器界面的设置：**将当前主页的语言的编码方式设为"中欧"字符。**

   将设置后的选择菜单拷屏，以 IE4.20-2.bmp 为文件名，保存到考生文件夹中。

3. 文件管理、收藏夹的使用和常规选项设置：**设置"不使用网页中指定的颜色"。**

   将设置后的"辅助功能"对话框拷屏，以 IE4.20-3.bmp 为文件名，保存到考生文件夹中。

4. 更改 IE 浏览器布局：**将链接栏设置到浏览器标题栏之下。**

   将设置后的浏览器窗口拷屏，以 IE4.20-4.bmp 为文件名，保存到考生文件夹中。

5. 历史记录、临时文件夹设置：**将本地所有的 Internet 临时文件中的内容删除。**

   将设置后的"删除文件"对话框拷屏，以 IE4.20-5.bmp 为文件名，保存到考生文件夹中。

6. 帮助文件、脱机浏览：**脱机使用 IE 帮助文件，在索引中查阅关于"设置 Internet"的信息。**

   将索引到的结果界面拷屏，以 IE4.20-6.bmp 为文件名，保存到考生文件夹中。

第五单元　IE 6.0 高级设置

5.1　第 1 题

【操作要求】

1. 安全等级的设置：将"受限站点"安全级别设为"高"。

   将设置后的"Internet 选项"对话框"安全"选项卡拷屏，以 IE5.1-1.bmp 为文件名，保存到考生文件夹中。

2. 设置分级审查：启用 IE6.0 分级审查功能，将"暴力"选项的级别设置为 3 级。

   将设置后的"分级审查"对话框"分级"选项卡拷屏，以 IE5.1-2.bmp 为文件名，保存到考生文件夹中。

3. 证书、安全认证的设置：查看"个人证书"的资料。

   将"证书管理器"对话框"个人"选项卡拷屏，以 IE5.1-3.bmp 为文件名，保存到考生文件夹中。

4. 不同区域的安全设置：在"可信站点"中添加网站
   http://www.bhp.com.cn。

   将设置后的"可信站点"对话框拷屏，以 IE5.1-4.bmp 为文件名，保存到考生文件夹中。

5. 内容、程序设置：将"Web 地址"和"表单"设置为自动完成。

   将设置后的"自动完成设置"对话框拷屏，以 IE5.1-5.bmp 为文件名，保存到考生文件夹中。

6. 高级设置：设置显示网页中的"智能图像抖动"和"显示图像下载占位符"两项。

   将设置后的"Internet 选项"对话框"高级"选项卡拷屏，以 IE5.1-6.bmp 为文件名，保存到考生文件夹中。

5.2 第 2 题

【操作要求】

1. 安全等级的设置：将"受限站点"安全级别设为"中低"。

   将设置后的"Internet 选项"对话框"安全"选项卡拷屏，以 IE5.2-1.bmp 为文件名，保存到考生文件夹中。

2. 设置分级审查：启用 IE6.0 分级审查功能。

   将设置后的"Internet 选项"对话框"内容"选项卡拷屏，以 IE5.2-2.bmp 为文件名，保存到考生文件夹中。

3. 证书、安全认证的设置：查看"其人证书"的资料。

   将"证书管理器"对话框"其它人"选项卡拷屏，以 IE5.2-3.bmp 为文件名，保存到考生文件夹中。

4. 不同区域的安全设置：在信任站点中添加网站 http://www.sina.com.cn。

   将设置后的"可信站点"对话框拷屏，以 IE5.2-4.bmp 为文件名，保存到考生文件夹中。

5. 内容、程序设置：表单上的用户名和密码，并设置"提示我保存密码"。

   将设置后的"自动完成设置"对话框拷屏，以 IE5.2-5.bmp 为文件名，保存到考生文件夹中。

6. 高级设置：设置"显示图像"和"启用自动图像大小调整"。

   将设置后的"Internet 选项"对话框"高级"选项卡拷屏，以 IE5.2-6.bmp 为文件名，保存到考生文件夹中。

5.3　第 3 题

【操作要求】

1. **安全等级的设置：设置"Internet 区域"安全级别为"中"。**

   将设置后的"Internet 选项"对话框"安全"选项卡拷屏，以 IE5.3-1.bmp 为文件名，保存到考生文件夹中。

2. **设置分级审查：设置"用户选项"为"监护人可以键入密码允许用户查看受限制的内容"。**

   将设置后的"分级审查"对话框"常规"选项卡拷屏，以 IE5.3-2.bmp 为文件名，保存到考生文件夹中。

3. **证书、安全认证的设置：查看"中级证书发行机构"中颁发给 GlobalSign Root CA 的证书。**

   将"证书"对话框的"常规"选项卡拷屏，以 IE5.3-3.bmp 为文件名，保存到考生文件夹中。

4. **不同区域的安全设置：设置"本地 Intranet 区域"用户验证登录为"匿名登录"。**

   将设置后"安全设置"对话框拷屏，以 IE5.3-4.bmp 为文件名，保存到考生文件夹中。

5. **内容、程序设置：设置自动完成"表单上的用户名和密码"，并取消"提示我保存密码"。**

   将设置后的"自动完成设置"选项卡拷屏，以 IE5.3-5.bmp 为文件名，保存到考生文件夹中。

6. **高级设置：为提高浏览速度，通常取消"播放网页中的动画"与"显示图片"选项。**

   将设置后的"Internet 选项"对话框"高级"选项卡拷屏，以 IE5.3-6.bmp 为文件名，保存到考生文件夹中。

5.4 第 4 题

【操作要求】

1. **安全等级的设置：将"受限站点"安全级别设为"低"。**

   将设置后的"Internet 选项"对话框"安全"选项卡拷屏，以 IE5.4-1.bmp 为文件名，保存到考生文件夹中。

2. **设置分级审查：启用 IE6.0 分级审查功能，将"语言"选项的级别设置为"3 级"。**

   将设置后的"分级审查"对话框"分级"选项卡拷屏，以 IE5.4-2.bmp 为文件名，保存到考生文件夹中。

3. **证书、安全认证的设置：通过证书管理器查看"中级证书发行机构"信息。**

   将"证书管理器"对话框的"中级证书发行机构"选项卡拷屏，以 IE5.4-3.bmp 为文件名，保存到考生文件夹中。

4. **不同区域的安全设置：设置"Internet 区域"用户验证登录为"用户名和密码提示"。**

   将设置后的"安全设置"对话框拷屏，以 IE5.4-4.bmp 为文件名，保存到考生文件夹中。

5. **内容、程序设置：设置自动完成为：表单上的用户名和密码，并设置"显示 Web 地址"。**

   将设置后的"自动完成设置"选项卡拷屏，以 IE5.4-5.bmp 为文件名，保存到考生文件夹中。

6. **高级设置：设置"播放网页中的视频"。**

   将设置后的"Internet 选项"对话框"高级"选项卡拷屏，以 IE5.4-6.bmp 为文件名，保存到考生文件夹中。

5.5　第 5 题

【操作要求】

1. **安全等级的设置：设置"隐私首选项"为"低"。**

   将设置后的"Internet 选项"对话框"隐私"选项卡拷屏，以 IE5.5-1.bmp 为文件名，保存到考生文件夹中。

2. **设置分级审查：将"用户选项"设置为"用户可以查看未分级的站点"。**

   将设置后的"分级审查"对话框的"常规"选项卡拷屏，以 IE5.5-2.bmp 为文件名，保存到考生文件夹中。

3. **证书、安全认证的设置：导出"中级证书发行机构"中颁发给 GlobalSign Root CA 的证书。**

   将导出的"证书"，以 IE5.5-3.cer 为文件名，保存到考生文件夹中。

4. **不同区域的安全设置：将站点 192.163.25.21 加入到"受限站点"中。**

   将设置后的"受限站点"对话框拷屏，以 IE5.5-4.bmp 为文件名，保存到考生文件夹中。

5. **内容、程序设置：为了安全浏览，将 java 小程序脚本禁用。**

   将设置后的"安全设置"对话框拷屏，以 IE5.5-5.bmp 为文件名，保存到考生文件夹中。

6. **高级设置：设置"播放网页中的视频"和"智能图像抖动"。**

   将设置后的"Internet 选项"对话框"高级"选项卡拷屏，以 IE5.5-6.bmp 为文件名，保存到考生文件夹中。

5.6　第 6 题

【操作要求】

1. **安全等级的设置：设置"隐私首选项"为"高"。**

将设置后的"Internet 选项"对话框"隐私"选项卡拷屏，以 IE5.6-1.bmp 为文件名，保存到考生文件夹中。

2. **设置分级审查：启用分级审查，将语言的级别设置为"0 级"。**

将设置后的"分级审查"对话框的"分级"选项卡拷屏，以 IE5.6-2.bmp 为文件名，保存到考生文件夹中。

3. **证书、安全认证的设置：通过证书管理器，将证书从 C:\2002IE6\Unit5\证书.pfx，导入到证书管理器"个人"证书栏。**

将"证书管理器导入向导 | 完成证书管理器导入向导"对话框拷屏，以 IE5.6-3.bmp 为文件名，保存到考生文件夹中。

4. **不同区域的安全设置：设置受限站点禁用文件下载。**

将设置后的"安全设置"对话框拷屏，以 IE5.6-4.bmp 为文件名，保存到考生文件夹中。

5. **内容、程序设置：设置 IE6.0 的联系人列表为"Microsoft Outlook"。**

将设置后的"Internet 选项"对话框"程序"选项卡拷屏，以 IE5.6-5.bmp 为文件名，保存到考生文件夹中。

6. **高级设置：设置为不"播放动画"和"显示图片"。**

将设置后的"Internet 选项"对话框"高级"选项卡拷屏，以 IE5.6-6.bmp 为文件名，保存到考生文件夹中。

5.7 第7题

【操作要求】

1. **安全等级的设置**：设置"隐私首选项"为"中"。

   将设置后的"Internet 选项"对话框"隐私"选项卡拷屏，以 IE5.7-1.bmp 为文件名，保存到考生文件夹中。

2. **设置分级审查**：将"http://www.news.com"设置为始终允许浏览。

   将设置后的"分级审查"对话框"许可站点"选项卡拷屏，以 IE5.7-2.bmp 为文件名，保存到考生文件夹中。

3. **证书、安全认证的设置**：设置"个人证书"的导出格式为"DER 编码二进制 x.509（*.cer）"。

   将设置后的"高级选项"对话框拷屏，以 IE5.7-3.bmp 为文件名，保存到考生文件夹中。

4. **不同区域的安全设置**：设置"Internet 登录"为"自动使用当前用户名和密码登录"。

   将设置后的"安全设置"对话框拷屏，以 IE5.7-4.bmp 为文件名，保存到考生文件夹中。

5. **内容、程序设置**：设置 IE6.0 使用的电子邮件为 Hotmail。

   将设置后的"Internet 选项"对话框"程序"选项卡拷屏，以 IE5.7-5.bmp 为文件名，保存到考生文件夹中。

6. **高级设置**：设置启用"图像工具栏"和启用"自动图像大小调整"。

   将设置后的"Internet 选项"对话框"高级"选项卡拷屏，以 IE5.7-6.bmp 为文件名，保存到考生文件夹中。

5.8 第 8 题

【操作要求】

1. **安全等级的设置**：将"可信站点"安全级别设为"高"。

将设置后的"Internet 选项"对话框"安全"选项卡拷屏，以 IE5.8-1.bmp 为文件名，保存到考生文件夹中。

2. **设置分级审查**：查看当前的"分级系统"。

将"分级系统"对话框拷屏，以 IE5.8-2.bmp 为文件名，保存到考生文件夹中。

3. **证书、安全认证的设置**：设置"个人证书"导出格式为"PKCS #7 证书 （*.p7b）"。

将设置后的"高级选项"对话框拷屏，以 IE5.8-3.bmp 为文件名，保存到考生文件夹中。

4. **不同区域的安全设置**：将 http://www.kill.com 设置为受限站点。

将设置后"受限站点"对话框拷屏，以 IE5.8-4.bmp 为文件名，保存到考生文件夹中。

5. **内容、程序设置**：设置 IE6.0 使用的电子邮件为"Outlook Express"。

将设置后的"Internet 选项"对话框"程序"选项卡拷屏，以 IE5.8-5.bmp 为文件名，保存到考生文件夹中。

6. **高级设置**：设置"不将加密的页面存入硬盘"。

将设置后的"Internet 选项"对话框"高级"选项卡拷屏，以 IE5.8-6.bmp 为文件名，保存到考生文件夹中。

5.9　第 9 题

【操作要求】

1．安全等级的设置：将"可信站点"安全级别设为"中低"。

将设置后的"Internet 选项"对话框"安全"选项卡拷屏，以 IE5.9-1.bmp 为文件名，保存到考生文件夹中。

2．设置分级审查：将 http://www.news.com 设置为"从不"允许浏览。

将设置后的"分级审查"对话框"许可站点"选项卡拷屏，以 IE5.9-2.bmp 为文件名，保存到考生文件夹中。

3．证书、安全认证的设置：设置"个人证书"的导出格式为"Base64 编码 x.509（*.cer）"。

将设置后的"高级选项"对话框拷屏，以 IE5.9-3.bmp 为文件名，保存到考生文件夹中。

4．不同区域的安全设置：将 Internet 区域"提交非加密表单数据"设置为"禁用"。

将设置后的"安全设置"对话框拷屏，以 IE5.9-4.bmp 为文件名，保存到考生文件夹中。

5．内容、程序设置：设置 Internet 程序中的联系人列表为通讯簿。

将设置后的"Internet 选项"对话框"程序"选项卡拷屏，以 IE5.9-5.bmp 为文件名，保存到考生文件夹中。

6．高级设置：设置"启用 http1.1 记录"。

将设置后的"Internet 选项"对话框"高级"选项卡拷屏，以 IE5.9-6.bmp 为文件名，保存到考生文件夹中。

5.10　第 10 题

【操作要求】

1. 安全等级的设置：将"可信站点"安全级别设为"低"。

　　将设置后的"Internet 选项"对话框"安全"选项卡拷屏，以 IE5.10-1.bmp 为文件名，保存到考生文件夹中。

2. 设置分级审查：创建监督人密码为"password"。

　　将设置后的"创建监护人密码"对话框拷屏，以 IE5.10-2.bmp 为文件名，保存到考生文件夹中。

3. 证书、安全认证的设置：导出"中级证书发行机构"中颁发给 ABA ECOM Root CA 的证书以"DER 编码二进制 x.509（.cer）"导出。

　　将导出的"证书"以 IE5.10-3.cer 为文件名，保存到考生文件夹中。

4. 不同区域的安全设置：将"本地 Intranet"安全级别中"下载文件"设置为"禁用"。

　　将设置后的"安全设置"对话框拷屏，以 IE5.10-4.bmp 为文件名，保存到考生文件夹中。

5. 内容、程序设置：设置自动完成功能于表单上的"用户名和密码"，并设置"提示我保存密码"。

　　将设置后"自动完成设置"对话框拷屏，以 IE5.10-5.bmp 为文件名，保存到考生文件夹中。

6. 高级设置：设置取消"显示友好 http 错误信息"。

　　将设置后的"Internet 选项"对话框"高级"选项卡拷屏，以 IE5.10-6.bmp 为文件名，保存到考生文件夹中。

5.11　第 11 题

【操作要求】

1. **安全等级的设置：设置"可信站点"的安全级别为"中"。**

   将设置后的"Internet 选项"对话框"安全"选项卡拷屏，以 IE5.11-1.bmp 为文件名，保存到考生文件夹中。

2. **设置分级审查：启用 IE6.0 分级审查功能，将"语言"选项的级别设置为"1 级"。**

   将设置后的"分级审查"对话框的"分级"选项卡拷屏，以 IE5.11-2.bmp 为文件名，保存到考生文件夹中。

3. **证书、安全认证的设置：查看"中级证书发行机构"中颁发给 ABA ECOM Root CA 的证书。**

   将查看的"证书"对话框"常规"选项卡拷屏，以 IE5.11-3.bmp 为文件名，保存到考生文件夹中。

4. **不同区域的安全设置：将站点 http://www.sango.net 加入到本地 Intranet 中。**

   将设置后的"本地 Intranet"对话框拷屏，以 IE5.11-4.bmp 为文件名，保存到考生文件夹中。

5. **内容、程序设置：设置 Internet 程序中的日历为 Microsoft Outlook。**

   将设置后的"Internet 选项"对话框"程序"选项卡拷屏，以 IE5.11-5.bmp 为文件名，保存到考生文件夹中。

6. **高级设置：设置"显示友好 http 错误信息"。**

   将设置后的"Internet 选项"对话框"高级"选项卡拷屏，以 IE5.11-6.bmp 为文件名，保存到考生文件夹中。

5.12　第 12 题

【操作要求】

1. **安全等级的设置：设置"Internet 区域"的安全级别为"高"。**

   将设置后的"Internet 选项"对话框"安全"选项卡拷屏，以 IE5.12-1.bmp 为文件名，保存到考生文件夹中。

2. **设置分级审查：启用 IE6.0 分级审查功能，将"语言"选项的级别设置为"2 级"。**

   将设置后的"分级审查"对话框的"分级"选项卡拷屏，以 IE5.12-2.bmp 为文件名，保存到考生文件夹中。

3. **证书、安全认证的设置：设置"中级证书发行机构"证书导出格式为"Base64 编码 x.509（*.cer）"。**

   将设置后的"高级选项"对话框拷屏，以 IE5.12-3.bmp 为文件名，保存到考生文件夹中。

4. **不同区域的安全设置：将站点 http://www.263.net 加入到本地 Intranet 中。**

   将设置后的"本地 Intranet"对话框拷屏，以 IE5.12-4.bmp 为文件名，保存到考生文件夹中。

5. **内容、程序设置：设置 Internet 程序中的联系人列表为 Microsoft Outlook。**

   将设置后的"Internet 选项"对话框"程序"选项卡拷屏，以 IE5.12-5.bmp 为文件名，保存到考生文件夹中。

6. **高级设置：设置"允许页面转换"。**

   将设置后的"Internet 选项"对话框"高级"选项卡拷屏，以 IE5.12-6.bmp 为文件名，保存到考生文件夹中。

5.13　第 13 题

【操作要求】

1. **安全等级的设置：设置"Internet 区域"的安全级别为"中"。**

   将设置后的"Internet 选项"对话框"安全"选项卡拷屏，以 IE5.13-1.bmp 为文件名，保存到考生文件夹中。

2. **设置分级审查：启用 IE6.0 分级审查功能，将"暴力"选项的级别设置为"2 级"。**

   将设置后的"分级审查"对话框的"分级"选项卡拷屏，以 IE5.13-2.bmp 为文件名，保存到考生文件夹中。

3. **证书、安全认证的设置：设置"中级证书发行机构"证书导出格式为"PKCS ＃7 证书（*.p7b）"，并设置"在证书路径中包括所有证书"。**

   将设置后的"高级选项"对话框拷屏，以 IE5.13-3.bmp 为文件名，保存到考生文件夹中。

4. **不同区域的安全设置：将站点 http://www.bjpu.edu.cn 加入到"本地 Intranet 中"。**

   将设置后的"本地 Intranet"对话框拷屏，以 IE5.13-4.bmp 为文件名，保存到考生文件夹中。

5. **内容、程序设置：将"Web 地址"设置为自动完成。**

   将设置后的"自动完成设置"对话框拷屏，以 IE5.13-5.bmp 为文件名，保存到考生文件夹中。

6. **高级设置：设置取消"使用平滑滚动"。**

   将设置后的"Internet 选项"对话框"高级"选项卡拷屏，以 IE5.13-6.bmp 为文件名，保存到考生文件夹中。

5.14　第 14 题

【操作要求】

1. **安全等级的设置：设置"Internet 区域"的安全级别为"低"。**

   将设置后的"Internet 选项"对话框"安全"选项卡拷屏，以 IE5.14-1.bmp 为文件名，保存到考生文件夹中。

2. **设置分级审查：将 http://www.yahoo.com 设置为始终"不允许浏览"。**

   将设置后的"分级审查"对话框"许可站点"选项卡拷屏，以 IE5.14-2.bmp 为文件名，保存到考生文件夹中。

3. **证书、安全认证的设置：将"中级证书发行机构"中颁发给 Root Agency 的证书以为"PKCS ＃7 证书（*.p7b）"格式导出。**

   将导出的证书，以 IE5.14-3.p7b 为文件名，保存到考生文件夹中。

4. **不同区域的安全设置：将站点 http://www.7189.com 加入到"可信站点"中。**

   将设置后的"可信站点"对话框拷屏，以 IE5.14-4.bmp 为文件名，保存到考生文件夹中。

5. **内容、程序设置：将自动完成功能应用于"表单"。**

   将设置后的"自动完成设置"对话框拷屏，以 IE5.14-5.bmp 为文件名，保存到考生文件夹中。

6. **高级设置：设置"禁止脚本调试"。**

   将设置后的"Internet 选项"对话框"高级"选项卡拷屏，以 IE5.14-6.bmp 为文件名，保存到考生文件夹中。

5.15　第 15 题

【操作要求】

1. **安全等级的设置：设置"Internet 区域"的安全级别为"中低"。**

   将设置后的"Internet 选项"对话框"安全"选项卡拷屏，以 IE5.15-1.bmp 为文件名，保存到考生文件夹中。

2. **设置分级审查：启用 IE6.0 分级审查功能，将"性"选项的级别设置为"3 级"。**

   将设置后的"分级审查"对话框"分级"选项卡拷屏，以 IE5.15-2.bmp 为文件名，保存到考生文件夹中。

3. **证书、安全认证的设置：将"中级证书发行机构"中颁发给 Root Agency 的证书以"Base64 编码 x.509（*.cer）"格式导出。**

   将导出的证书，以 IE5.15-3.cer 为文件名，保存到考生文件夹中。

4. **不同区域的安全设置：将站点 http://www.51job.com 加入到"受限站点"中。**

   将设置后的"受限站点"对话框拷屏，以 IE5.15-4.bmp 为文件名，保存到考生文件夹中。

5. **内容、程序设置：清除自动完成中的"表单"和"密码"。**

   将设置后的"自动完成设置"对话框拷屏，以 IE5.15-5.bmp 为文件名，保存到考生文件夹中。

6. **高级设置：取消"禁止脚本调试"选项。**

   将设置后的"Internet 选项"对话框"高级"选项卡拷屏，以 IE5.15-6.bmp 为文件名，保存到考生文件夹中。

5.16　第 16 题

【操作要求】

1. **安全等级的设置：设置"本地 Intranet"安全级别为"中"。**

   将设置后的"Internet 选项"对话框"安全"选项卡拷屏，以 IE5.16-1.bmp 为文件名，保存到考生文件夹中。

2. **设置分级审查：启用 IE6.0 分级审查功能，禁止"用户可以查看未分级的站点"。**

   将设置后的"分级审查"对话框"常规"选项卡拷屏，以 IE5.16-2.bmp 为文件名，保存到考生文件夹中。

3. **证书、安全认证的设置：查看"中级证书发行机构"中颁发给 Root Agency 的证书详细信息。**

   将查看后"证书"对话框的"详细资料"选项卡拷屏，以 IE5.16-3.bmp 为文件名，保存到考生文件夹中。

4. **不同区域的安全设置：设置 Internet 区域禁用文件下载。**

   将设置后的"安全设置"对话框拷屏，以 IE5.16-4.bmp 为文件名，保存到考生文件夹中。

5. **内容、程序设置：设置自动完成功能于"表单上的用户名和密码"。**

   将设置后的"自动完成设置"对话框拷屏，以 IE5.16-5.bmp 为文件名，保存到考生文件夹中。

6. **高级设置：设置使用"http1.1"。**

   将设置后的"Internet 选项"对话框"高级"选项卡拷屏，以 IE5.16-6.bmp 为文件名，保存到考生文件夹中。

5.17 第 17 题

【操作要求】

1. **安全等级的设置：设置"本地 Intranet"安全级别为"高"。**

   将设置后的"Internet 选项"对话框"安全"选项卡拷屏，以 IE5.17-1.bmp 为文件名，保存到考生文件夹中。

2. **设置分级审查：设置"用户可以查看未分级的站点"。**

   将设置后的"分级审查"对话框"常规"选项卡拷屏，以 IE5.17-2.bmp 为文件名，保存到考生文件夹中。

3. **证书、安全认证的设置：查看当前的"个人证书"情况。**

   将设置后的"证书管理器"对话框"个人"选项卡拷屏，以 IE5.17-3.bmp 为文件名，保存到考生文件夹中。

4. **不同区域的安全设置：设置本地 Intranet 区域"包括所有不使用代理服务器的站点"。**

   将设置后的"本地 Intranet"对话框拷屏，以 IE5.17-4.bmp 为文件名，保存到考生文件夹中。

5. **内容、程序设置：设置电子邮件服务程序为 Hotmail。**

   将设置后的"Internet 选项"对话框"程序"选项卡拷屏，以 IE5.17-5.bmp 为文件名，保存到考生文件夹中。

6. **高级设置：取消网页中的"启用图像工具栏"选项。**

   将设置后的"Internet 选项"对话框"高级"选项卡拷屏，以 IE5.17-6.bmp 为文件名，保存到考生文件夹中。

5.18　第 18 题

【操作要求】

1．**安全等级的设置：设置"本地 Intranet"安全级别为"中低"。**

将设置后的"Internet 选项"对话框"安全"选项卡拷屏，以 IE5.18-1.bmp 为文件名，保存到考生文件夹中。

2．**设置分级审查：启用 IE6.0 分级审查功能，设置暴力级别为"4 级"。**

将设置后的"分级审查"对话框"分级"选项卡拷屏，以 IE5.18-2.bmp 为文件名，保存到考生文件夹中。

3．**证书、安全认证的设置：查看"中级证书发行机构"中颁发给 ABA ECOM Root CA 的证书。**

将查看的"证书"对话框"详细资料"选项卡拷屏，以 IE5.18-3.bmp 为文件名，保存到考生文件夹中。

4．**不同区域的安全设置：将 http://www.killer.com 添加到"受限站点"中。**

将设置后的"受限站点"对话框拷屏，以 IE5.18-4.bmp 为文件名，保存到考生文件夹中。

5．**内容、程序设置：设置新闻组服务程序为 Outlook Express。**

将设置后的"Internet 选项"对话框"程序"选项卡拷屏，以 IE5.18-5.bmp 为文件名，保存到考生文件夹中。

6．**高级设置：设置网页中的"启用图像工具栏"项。**

将设置后的"Internet 选项"对话框"高级"选项卡拷屏，以 IE5.18-6.bmp 为文件名，保存到考生文件夹中。

5.19 第 19 题

【操作要求】

1. **安全等级的设置：设置"本地 Intranet"安全级别为"中"。**

   将设置后的"Internet 选项"对话框"安全"选项卡拷屏，以 IE5.19-1.bmp 为文件名，保存到考生文件夹中。

2. **设置分级审查：启用 IE6.0 分级审查功能，设置"裸体"级别为"4 级"站点。**

   将设置后的"分级审查"对话框"分级"选项卡拷屏，以 IE5.19-2.bmp 为文件名，保存到考生文件夹中。

3. **证书、安全认证的设置：通过证书管理器，将证书从 C:\2002IE6\Unit5\ 电子证书.cer，导入到证书管理器"中级证书发行机构"栏。**

   将"证书管理器导入向导|完成证书管理器导入向导"对话框拷屏，以 IE5.19-3.bmp 为文件名，保存到考生文件夹中。

4. **不同区域的安全设置：将 http://www.5460.net 添加到受限站点列表中。**

   将设置后的"受限站点"对话框拷屏，以 IE5.19-4.bmp 为文件名，保存到考生文件夹中。

5. **内容、程序设置：设置联系人列表为通讯簿。**

   将设置后的"Internet 选项"对话框"程序"选项卡拷屏，以 IE5.19-5.bmp 为文件名，保存到考生文件夹中。

6. **高级设置：设置"启用自动图像大小调整"项。**

   将设置后的"Internet 选项"对话框"高级"选项卡拷屏，以 IE5.19-6.bmp 为文件名，保存到考生文件夹中。

5.20　第 20 题

【操作要求】

1. 安全等级的设置：设置"本地 Intranet"安全级别为"高"。

   将设置后的"Internet 选项"对话框"安全"选项卡拷屏，以 IE5.20-1.bmp 为文件名，保存到考生文件夹中。

2. 设置分级审查：启用 IE6.0 分级审查功能，设置"暴力"级别为"0 级"。

   将设置后的"分级审查"对话框"分级"选项卡拷屏，以 IE5.20-2.bmp 为文件名，保存到考生文件夹中。

3. 证书、安全认证的设置：通过证书管理器，将证书从 C:\2002IE6\Unit5\ 其它人证书.pfx，导入到证书管理器"其他人"证书栏。

   将"证书管理器导入向导|完成证书管理器导入向导"对话框拷屏，以 IE5.20-3.bmp 为文件名，保存到考生文件夹中。

4. 不同区域的安全设置：将 http://www.cookie.com 添加到本地 Intranet 中，并设置"对该区域中所有的站点要求服务器验证"。

   将设置后的"本地 Intranet"对话框拷屏，以 IE5.20-4.bmp 为文件名，保存到考生文件夹中。

5. 内容、程序设置：设置电子邮件程序为 Hotmail。

   将设置后的"Internet 选项"对话框"程序"选项卡拷屏，以 IE5.20-5.bmp 为文件名，保存到考生文件夹中。

6. 高级设置：取消"显示友好 URL"。

   将设置后的"Internet 选项"对话框"高级"选项卡拷屏，以 IE5.20-6.bmp 为文件名，保存到考生文件夹中。

第六单元　收发电子邮件

6.1　第1题

【操作要求】

1. 启动 Outlook Express、设置 Outlook Express 外观、创建邮件账户：启动 Outlook Express，将 Outlook Express 外观设置如下图所示。

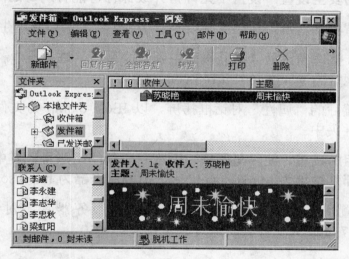

将 Outlook 外观拷屏，以 IE6.1-1.bmp 为文件名，保存到考生文件夹中。

2. 创建电子邮件：使用 Outlook Express 向 caihongliuBJ@263.net 地址发送邮件，向朋友祝贺周末愉快。

邮件由主题、正文、签名和附件组成。

（1）主题：周末愉快！

（2）正文：周末愉快！下周有空聚一聚吗？你的好朋友。

（3）正文字体设置：字体设置为"仿宋_GB2312"、字形"粗体"、大小"8"。

（4）附件：同正文一同发送电子贺卡，文件的路径为 C:\2002IE6\Unit6\card.gif。

将书写完后的邮件界面拷屏，以 IE6.1-2.bmp 为文件名，保存到考生文件夹中。

3．**邮件的发送、保存和拼写检查：保存刚才完成的邮件。**

将邮件以 IE6.1-3.eml 为文件名，另存到考生文件夹中。

4．**邮件服务器的设置：在已发送邮件文件夹中新建名为"个人邮件"的文件夹，并将主题为"欢迎使用 Outlook Express6"的邮件移动到此文件夹中。**

将移动邮件后的 Outlook 窗口界面拷屏，以 IE6.1-4.bmp 为文件名，保存到考生文件夹中。

5．**邮件的安全设置：设置不允许打开或保存可能有病毒的附件。**

将设置界面拷屏，以 IE6.1-5.bmp 为文件名，保存到考生文件夹中。

6．**使用、整理通讯簿：在通讯簿中新建联系人，姓"王"，名"和"，电子邮件地址为 wanghe601@163.com。**

将设置后的"属性"对话框拷屏，以 IE6.1-6.bmp 为文件名，保存到考生文件夹中。

7．**新闻组的设置、使用与管理：添加一个新闻组账号，其中姓名为 Mark，电子邮件地址为 Mark@mail.Net，新闻服务器为 http://soft.neeid.com。**

将设置后的"Internet 连接向导 | 新闻服务器名"对话框拷屏，以 IE6.1-7.bmp 为文件名，保存到考生文件夹中。

6.2 第2题

【操作要求】

1. 启动 Outlook Express、设置 Outlook Express 外观、创建邮件账户：设置 Outlook Express，将 Outlook Express 布局设置成如下图所示。

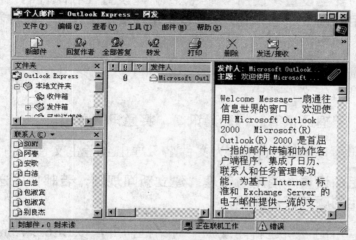

将设置后的 Outlook Express 外观拷屏，以 IE6.2-1.bmp 为文件名，保存到考生文件夹中。

2. 创建电子邮件：使用 Outlook Express 向 lting@263.net 地址发送邮件。

邮件由主题、正文、签名和附件组成。

（1）主题：新年快乐。

（2）正文：祝福您在新的一年里，工作顺利、身体健康、事业有成！

（3）正文字体设置：字体设置为"仿宋_GB2312"、字形"粗体"、大小"8"。

（4）附件：同正文一同发送附件，文件的路径为 C:\2002IE6\Unit6\ kill.doc。

将书写完后的邮件界面拷屏，以 IE6.2-2.bmp 为文件名，保存到考生文件夹中。

3. 邮件的发送、保存和拼写检查：将新建邮件保存。

将新邮件以 IE6.2-3.eml 为文件名，保存到考生文件夹中。

4．邮件服务器的设置：在本地文件夹中新建名为"拜年"的文件夹，并将邮件"新年快乐"移动到此文件夹下。

将移动文件后的文件夹界面拷屏，以 IE6.2-4.bmp 为文件名，保存到考生文件夹中。

5．邮件的安全设置：使用"邮件规则"，设置在收邮件时，若主题行中包含特定的词"新年"，自动将邮件存入指定文件夹（收件箱下的"机密"文件夹）中。

将设置后的"新建邮件规则"对话框拷屏，以 IE6.2-5.bmp 为文件名，保存到考生文件夹中。

6．使用、整理通讯簿：打开通讯簿，将通讯簿导出。

将通讯簿以 IE6.2-6.wab 为文件名，导出到考生文件夹中。

7．新闻组的设置、使用与管理：建立新闻规则，若邮件发送于 7 天之前，用指定的颜色突出显示。

将设置后的"新建新闻规则"对话框拷屏，以 IE6.2-7.bmp 为文件名，保存到考生文件夹中。

6.3 第 3 题

【操作要求】

1. **启动 Outlook Express、设置 Outlook Express 外观、创建邮件账户：** 启动 Outlook Express，新建邮件，邮件编写界面外观如下图所示。

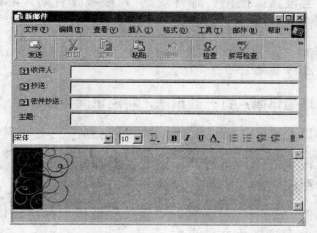

将设置后的 Outlook 外观拷屏，以 IE6.3-1.bmp 为文件名，保存到考生文件夹中。

2. **创建电子邮件：** 使用 Outlook Express 向 ppop@email.net 地址发送邮件。

邮件由主题、正文和附件组成。

（1）主题：接入方式。

（2）正文：所谓入网方式是指用户采用什么设备、通过什么线路接入互联网。

（3）正文字体设置："仿宋_GB2312"、字形"粗体"、大小"8"。

（4）附件：同正文一同发送文档，文件的路径为 C:\2002IE6\Unit6\ppp.doc。

将书写的邮件以 IE6.3-2.eml 为文件名，保存到考生文件夹中。

3. **邮件的发送、保存和拼写检查：** 将刚才完成的邮件复制至发件箱。

将"复制"对话框拷屏，以 IE6.3-3.bmp 为文件名，保存到考生文件夹中。

4. 邮件服务器的设置：设置"当别的应用程序试图用我的名义发送电子邮件时警告我"。

将设置后的"选项"对话框中"安全"选项卡拷屏，以 IE6.3-4.bmp 为文件名，保存到考生文件夹中。

5. 邮件的安全设置：使用"邮件规则"，接收邮件时，若邮件带有附件，自动将邮件从服务器上删除。

将设置后的"新建邮件规则"对话框拷屏，以 IE6.3-5.bmp 为文件名，保存到考生文件夹中。

6. 使用、整理通讯簿：打开通讯簿，将通讯簿导出。

将通讯簿以 IE6.3-6.wab 为文件名，导出到考生文件夹中。

7. 新闻组的设置、使用与管理：设置"新闻邮件下载 15 天后即被删除"，"当浪费空间达到 10%时压缩邮件"。

将设置后的"选项"对话框的"维护"选项卡拷屏，以 IE6.3-7.bmp 为文件名，保存到考生文件夹中。

6.4 第4题

【操作要求】

1. **启动 Outlook Express、设置 Outlook Express 外观、创建邮件账户:启动 Outlook Express，将其布局设置为如下图所示。**

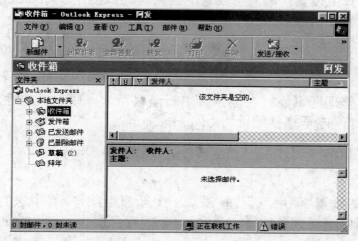

将设置结果拷屏，以 IE6.4-1.bmp 为文件名，保存到考生文件夹中。

2. **创建电子邮件:使用 Outlook Express 向 tcp@email.net 地址发送邮件。**

邮件由主题、正文和附件组成。

（1）主题:搜索。

（2）正文:掌握搜索语法，并正确使用它，可以缩小搜索范围，提高搜索速度。

（3）正文字体设置:"仿宋_GB2312"、字形"粗体"、大小"8"。

（4）附件:同正文一同发送文档，文件的路径为 C:\2002IE6\Unit6\searth.doc。

将书写的邮件以 IE6.4-2.eml 为文件名，保存到考生文件夹中。

3. **邮件的发送、保存和拼写检查:将刚才完成的邮件复制至发件箱。**

将"复制"对话框拷屏，以 IE6.4-3.bmp 为文件名，保存到考生文件夹中。

4. 邮件服务器的设置：在收件箱中新建名为"密码"的文件夹，并添加到 Outlook 栏。

将设置后的 Outlook 栏拷屏，以 IE6.4-4.bmp 为文件名，保存到考生文件夹中。

5. 邮件的安全设置：取消"当别的应用程序试图用我的名义发送电子邮件时警告我"选项。

将设置后的"选项"对话框中的"安全"选项卡界面拷屏，以 IE6.4-5.bmp 为文件名，保存到考生文件夹中。

6. 使用、整理通讯簿：在通讯薄中新建联系人，联系人的姓为"李"，名为"力"，电子邮件地址为 Li@sohu.com。

将设置后的"属性"对话框拷屏，以 IE6.4-6.bmp 为文件名，保存到考生文件夹中。

7. 新闻组的设置、使用与管理：添加一个新闻组账号，其中您的姓名为 hero，电子邮件地址为 hero@mail.Net，新闻服务器为 news.morning.com。

将设置后的" Internet 连接向导 | 新闻服务器名"对话框拷屏，以 IE6.4-7.bmp 为文件名，保存到考生文件夹中。

6.5　第 5 题

【操作要求】

1. **启动 Outlook Express、设置 Outlook Express 外观、创建邮件账户：启动 Outlook Express，新建邮件，邮件编写界面外观如下图所示。**

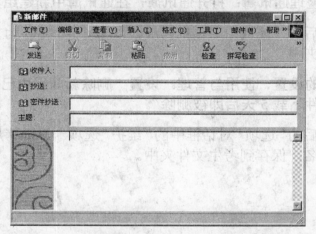

将操作结果拷屏，以 IE6.5-1.bmp 为文件名，保存到考生文件夹中。

2. **创建电子邮件：使用 Outlook Express 向 tcp@email.net 地址发送邮件。**

邮件由主题、正文和附件组成。

（1）主题：数据库。

（2）正文：数据库管理系统是数据库系统的核心部分。

（3）正文字体设置："仿宋_GB2312"、字形"粗体"、大小"12"。

（4）附件：同正文一同发送文档，文件的路径为 C:\2002IE6\Unit6\data.doc。

将书写完的邮件 IE6.5-2.eml 为文件名，保存到考生文件夹中。

3. **邮件的发送、保存和拼写检查：另存刚才完成的邮件。**

将"邮件另存为"对话框拷屏，以 IE6.5-3.bmp 为文件名，保存到考生文件夹中。

4. **邮件服务器的设置：设置"每隔 30 分钟检查一次新邮件"。**

将设置后的"选项"对话框中的"常规"选项卡拷屏，以 IE6.5-4.bmp 为文件名，保存到考生文件夹中。

5. 邮件的安全设置：使用"邮件规则"，设置邮件到达后若"发件人"行中包含"kill.net"，则删除。

将设置后的"新建邮件规则"对话框拷屏，以 IE6.5-5.bmp 为文件名，保存到考生文件夹中。

6. 使用、整理通讯簿：打开通讯簿，在通讯薄中新建组，组名为"朋友"。

将设置后的"属性"对话框拷屏，以 IE6.5-6.bmp 为文件名，保存到考生文件夹中。

7. 新闻组的设置、使用与管理：设置"删除新闻组中已读邮件的正文"，并"邮件下载 5 天后即被删除"。

将设置后的"选项"对话框中的"维护"选项卡界面拷屏，以 IE6.5-7.bmp 为文件名，保存到考生文件夹中。

6.6 第 6 题

【操作要求】

1. 启动 Outlook Express、设置 Outlook Express 外观、创建邮件账户：启动 Outlook Express，外观栏目界面如下图所示。

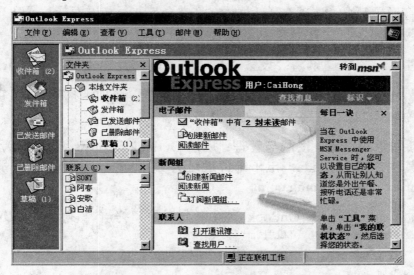

将 Outlook 外观界面拷屏，以 IE6.6-1.bmp 为文件名，保存到考生文件夹中。

2. 创建电子邮件：使用 Outlook Express 向 ppp@email.net 地址发送邮件。

邮件由主题、正文和附件组成。

（1）主题：ODBC。

（2）正文：ODBC 可能是最广泛使用的与关系型数据的接口。

（3）正文字体设置："仿宋_GB2312"、字形"粗体"、大小"8"。

（4）附件：同正文一同发送文档，文件的路径为 C:\2002IE6\Unit6\ODBC.doc。

将书写结果以 IE6.6-2.eml 为文件名，保存到考生文件夹中。

3. 邮件的发送、保存和拼写检查：将刚才完成的邮件复制到"草稿"中。

将"复制"对话框拷屏，以 IE6.6-3.bmp 为文件名，保存到考生文件夹中。

4. **邮件服务器的设置：设置"从不发送阅读回执"。**

将设置后的"选项"对话框中的"回执"选项卡拷屏，以 IE6.6-4.bmp 为文件名，保存到考生文件夹中。

5. **邮件的安全设置：设置"不允许保存或打开可能有病毒的附件"。**

将设置后的"选项"对话框中的"安全"选项卡界面拷屏，以 IE6.6-5.bmp 为文件名，保存到考生文件夹中。

6. **使用、整理通讯簿：设置"自动将我的回复对象添加到通讯簿"。**

将设置后的"选项"对话框中的"发送"选项卡拷屏，以 IE6.6-6.bmp 为文件名，保存到考生文件夹中。

7. **新闻组的设置、使用与管理：启动 Outlook Express，添加一新闻组账号，其中姓名为 Linda，电子邮件地址为 Linda@mail.Net，新闻服务器为 http://news.morning.com。**

将设置完成后的 Outlook 文件夹列表窗口拷屏，以 IE6.6-7.bmp 为文件名，保存到考生文件夹中。

6.7 第7题

【操作要求】

1. **启动 Outlook Express、设置 Outlook Express 外观、创建邮件账户：启动 Outlook Express，设置外观界面如下图所示。**

将 Outlook 外观界面拷屏，以 IE6.7-1.bmp 为文件名，保存到考生文件夹中。

2. **创建电子邮件：使用 Outlook Express 向 liu-ting@email.net 地址发送邮件。**

邮件由主题、正文和附件组成。

（1）主题：个人资料。

（2）正文：计算机网络是计算机技术和通信技术相结合的产物，计算机是 20 世纪中叶的发明。

（3）正文字体设置："仿宋_GB2312"、字形"粗体"、大小"8"。

（4）附件：同正文一同发送文档，文件的路径为 C:\2002IE6\Unit6\ziliao.doc。

将书写的邮件拷屏，以 IE6.7-2.bmp 为文件名，保存到考生文件夹中。

3. **邮件的发送、保存和拼写检查：保存刚才完成的邮件。**

将书写的邮件以 IE6.7-3.eml 为文件名，保存到考生文件夹中。

4．邮件服务器的设置：设置"所有发送的邮件都要求提供阅读回执"。

将设置后的"选项"对话框中的"回执"选项卡拷屏，以 IE6.7-4.bmp 为文件名，保存到考生文件夹中。

5．邮件的安全设置：使用"邮件规则"，使邮件到达后若发件人账户中包含 eamil.net，将它复制到指定的文件夹中（草稿箱）。

将设置后的"新建邮件规则"对话框拷屏，以 IE6.7-5.bmp 为文件名，保存到考生文件夹中。

6．使用、整理通讯簿：在通讯簿中新建一个名为 Book 的文件夹。

将设置后的"属性"对话框拷屏，以 IE6.7-6.bmp 为文件名，保存到考生文件夹中。

7．新闻组的设置、使用与管理：启动 Outlook Express，添加一个新闻组账号，其中姓名为 Link，电子邮件地址为 link@mail.Net，新闻服务器为 http:// chinsoft.neeid.com。

将设置后的"Internet 连接向导｜新闻服务器名"对话框拷屏，以 IE6.7-7.bmp 为文件名，保存到考生文件夹中。

6.8 第8题

【操作要求】

1. 启动 Outlook Express、设置 Outlook Express 外观、创建邮件账户：启动 Outlook Express，新邮件编写界面外观设置成如下图所示。

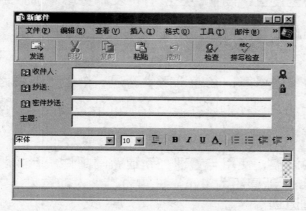

将新邮件界面拷屏，以 IE6.8-1.bmp 为文件名，保存到考生文件夹中。

2. 创建电子邮件：使用 Outlook Express 向 liu-ting@email.net 地址发送邮件。

邮件由主题、正文和附件组成。

（1）主题：存储器。

（2）正文：存储器是计算机的基本组成部分，用于存放计算机工作所必需的数据和程序。

（3）正文字体设置："仿宋_GB2312"、字形"粗体"、大小"8"。

（4）附件：同正文一同发送文档，文件的路径为 C:\2002IE6\Unit6\ccq.doc。

将书写的邮件以 IE6.8-2.eml 为文件名，保存到考生文件夹中。

3. 邮件的发送、保存和拼写检查：在已发送邮件文件夹中新建名为"私人"的文件夹，将已发送邮件文件夹展开。

将带有"私人"的文件夹 Outlook 文件夹列表拷屏，以 IE6.8-3.bmp 为文件名，保存到考生文件夹中。

4. **邮件服务器的设置：**设置"邮件发送格式为 html"，设置"html 邮件文本的编码方式"为"无"，设置"允许在标题中使用八位编码"。

将设置后的"html 设置"对话框拷屏，以 IE6.8-4.bmp 为文件名，保存到考生文件夹中。

5. **邮件的安全设置：**设置"在所有待发邮件中添加数字签名"。

将设置后的"选项"对话框中的"安全"选项卡界面拷屏，以 IE6.8-5.bmp 为文件名，保存到考生文件夹中。

6. **使用、整理通讯簿：**在通讯簿中新建一个组，组名为"公司"。

将设置后的"属性"对话框拷屏，以 IE6.8-6.bmp 为文件名，保存到考生文件夹中。

7. **新闻组的设置、使用与管理：**新建新闻邮件，新闻服务器为 http://jks.xxgcx.com，新闻组为 tiyu，主题为"个人的意见"，内容为"体育强国之路任重道远"。

将"个人的意见"邮件书写结果界面拷屏，以 IE6.8-7.bmp 为文件名，保存到考生文件夹中。

6.9 第9题

【操作要求】

1. **启动 Outlook Express、设置 Outlook Express 外观、创建邮件账户：**启动 Outlook Express，查看收件箱，外观栏目界面设置成如下图所示。

将 Outlook 外观拷屏，以 IE6.9-1.bmp 为文件名，保存到考生文件夹中。

2. **创建电子邮件：**使用 Outlook Express 向 liu-ting@email.net 地址发送邮件。

邮件由主题、正文和附件组成。

（1）主题：UNIX。
（2）正文：UNIX 提供了一种机制，这种机制允许任意一个进程执行一个独立的、分别编译的程序。
（3）正文字体设置："楷体"、字形"粗体"、大小"9"。
（4）附件：同正文一同发送文档，文件的路径为 C:\2002IE6\Unit6\ccq.doc。

将邮件以 IE6.9-2.eml 为文件名，保存到考生文件夹中。

3. **邮件的发送、保存和拼写检查：**另存刚才完成的邮件。

将"邮件另存为"对话框拷屏，以 IE6.9-3.bmp 为文件名，保存到考生文件夹中。

4. **邮件服务器的设置：**设置"每隔 30 分钟检查一次新邮件"。

将设置后的"选项"对话框中的"常规"选项卡界面拷屏，以 IE6.9-4.bmp 为文件名，保存到考生文件夹中。

5. 邮件的安全设置：设置"对所有待发邮件的内容和附件进行加密"。

　　将设置后的"选项"对话框中的"安全"选项卡界面拷屏，以 IE6.9-5.bmp 为文件名，保存到考生文件夹中。

6. 使用、整理通讯簿：在通讯簿中新建联系人，联系人姓"张"，名"五"，电子邮件为 Zhangwu@sina.com。

　　将设置后的"属性"对话框拷屏，以 IE6.9-6.bmp 为文件名，保存到考生文件夹中。

7. 新闻组的设置、使用与管理：设置"新闻发送格式为 html 格式"，其"文本的编码方式"为"括上的可打印项目"。

　　将设置后的"HTML 设置"对话框拷屏，以 IE6.9-7.bmp 为文件名，保存到考生文件夹中。

6.10 第 10 题

【操作要求】

1. **启动 Outlook Express、设置 Outlook Express 外观、创建邮件账户：**启动 Outlook Express，查看收件箱，外观设置如下图所示。

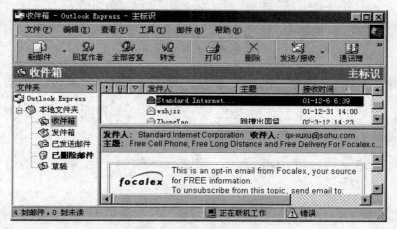

将 Outlook Express 外观设置拷屏，以 IE6.10-1.bmp 为文件名，保存到考生文件夹中。

2. **创建电子邮件：**使用 Outlook Express 向 ting@email.net 地址发送邮件。

邮件由主题、正文和附件组成。

　（1）主题：登录。

　（2）正文：目前国内多数用户使用的都是拨号入网方式登录。

　（3）正文字体设置：字体设置为"仿宋_GB2312"、字形"正常"、大小"8"。

　（4）附件：同正文一同发送文档，文件的路径为 C:\2002IE6\Unit6\ net.doc。

将邮件以 IE6.10-2.eml 为文件名，保存到考生文件夹中。

3. **邮件的发送、保存和拼写检查：**对邮件内容进行拼写检查。

将拼写检查的消息提示对话框拷屏，以 IE6.10-3.bmp 为文件名，保存到考生文件夹中。

4．邮件服务器的设置：设置"完成发送和接收后挂断"。

将设置后的"选项"对话框中的"连接"选项卡拷屏，以 IE6.10-4.bmp 为文件名，保存到考生文件夹中。

5．邮件的安全设置：完成如下设置，使用"邮件创建"的方法，接收邮件时，若邮件正文中包含特定的词"机密"，则将邮件做标记。

将设置后的"邮件规则"对话框中"邮件规则"选项卡拷屏，以 IE6.10-5.bmp 为文件名，保存到考生文件夹中。

6．使用、整理通讯簿：将回复邮件的收件人自动添加到用户的通讯簿中。

将设置后的"选项"对话框的"发送"选项卡界面拷屏，以 IE6.10-6.bmp 为文件名，保存到考生文件夹中。

7．新闻组的设置、使用与管理：建立新闻规则，若邮件中的行数超过 150 行，则做标记。

将设置后的"邮件规则"对话框中"新闻规则"选项卡拷屏，以 IE6.10-7.bmp 为文件名，保存到考生文件夹中。

6.11　第 11 题

【操作要求】

1. 启动 Outlook Express、设置 Outlook Express 外观、创建邮件账户：启动 Outlook Express，查看收件箱，外观设置如下图所示。

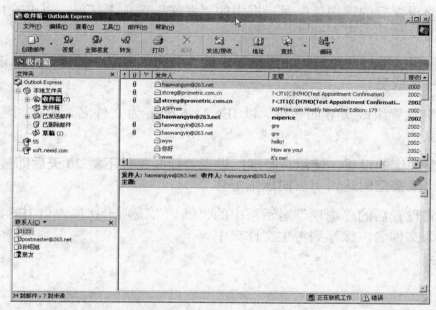

将 Outlook Express 外观设置拷屏，以 IE6.11-1.bmp 为文件名，保存到考生文件夹中。

2. 创建电子邮件：使用 Outlook Express 向 Caihongliu@email.net 地址发送邮件。

邮件由主题、正文和附件组成。

（1）主题：专用线。

（2）正文：专用线功能指不利用网内的交换功能。

（3）正文字体设置："仿宋_GB2312"、字形"粗体"、大小"8"。

（4）附件：同正文一同发送文档，文件的路径为 C:\2002IE6\Unit6\zyx.doc。

将书写结果拷屏，以 IE6.11-2.bmp 为文件名，保存到考生文件夹中。

3. 邮件的发送、保存和拼写检查：保存刚才完成的邮件。

将书写的邮件以 IE6.11-3.eml 为文件名，保存到考生文件夹中。

4. **邮件服务器的设置：设置"邮件发送格式采用纯文本格式"。**

   将设置后的"选项"对话框中的"发送"选项卡拷屏，以 IE6.11-4.bmp 为文件名，保存到考生文件夹中。

5. **邮件的安全设置：设置"自动展开组合邮件"。**

   将设置后的"选项"对话框中的"发送"选项卡拷屏，以 IE6.11-5.bmp 为文件名，保存到考生文件夹中。

6. **使用、整理通讯簿：在通讯簿中建立名为"朋友"的组，并向该组添加一名成员。**

   将设置组成员界面拷屏，以 IE6.11-6.bmp 为文件名，保存到考生文件夹中。

7. **新闻组的设置、使用与管理：设置"新闻邮件下载 20 天后即被删除"，"浪费空间达到 10%时压缩邮件"。**

   将设置后的"选项"对话框中的"维护"选项卡拷屏，以 IE6.11-7.bmp 为文件名，保存到考生文件夹中。

6.12 第 12 题

【操作要求】

1. 启动 Outlook Express、设置 Outlook Express 外观、创建邮件账户：启动 Outlook Express，新邮件编写界面外观设置成如下图所示。

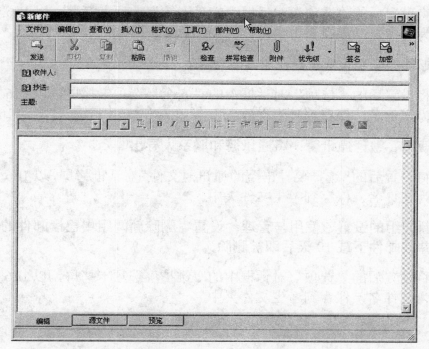

将新邮件界面拷屏，以 IE6.12-1.bmp 为文件名，保存到考生文件夹中。

2. 创建电子邮件：使用 Outlook Express 向 WangXiao@263.net 地址发送邮件。

邮件由主题、正文和附件组成。

（1）主题：TCP/IP。

（2）正文：TCP/IP 标准可以让实现者得到任何帮助。

（3）正文字体设置："仿宋_GB2312"、字形"粗体"、大小"5"。

（4）附件：同正文一同发送文档，文件的路径为 C:\2002IE6\Unit6\ tcpip.doc。

将邮件以 IE6.12-2.eml 为文件名，保存到考生文件夹中。

3．邮件的发送、保存和拼写检查：对邮件进行拼写检查。

将设置后的"拼写检查"消息提示框拷屏，以 IE6.12-3.bmp 为文件名，保存到考生文件夹中。

4．邮件服务器的设置：设置"切换连接拨号之前询问"。

将设置后的"选项"对话框中的"连接"选项卡拷屏，以 IE6.12-4.bmp 为文件名，保存到考生文件夹中。

5．邮件的安全设置：对邮件进行加密。

将设置后的"选项"对话框中的"安全"选项卡拷屏，以 IE6.12-5.bmp 为文件名，保存到考生文件夹中。

6．使用、整理通讯簿：将通讯簿和联系人导出。

将设置后的"选择要导出至的通讯簿文件"对话框拷屏，以 IE6.12-6.bmp 为文件名，保存到考生文件夹中。

7．新闻组的设置、使用与管理：设置"删除新闻组中已读邮件的正文"，并"邮件下载 10 天后即被删除"。

将设置后的"选项"对话框中的"维护"选项卡拷屏，以 IE6.12-7.bmp 为文件名，保存到考生文件夹中。

6.13 第 13 题

【操作要求】

1. 启动 Outlook Express、设置 Outlook Express 外观、创建邮件账户：启动 Outlook Express，将外观设置为如下图所示。

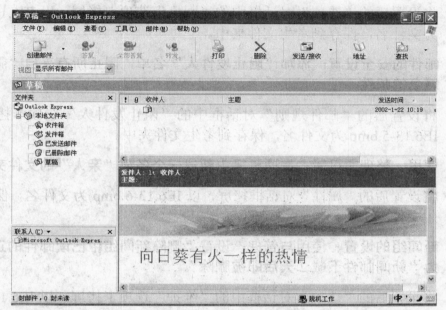

将 Outlook 外观界面拷屏，以 IE6.13-1.bmp 为文件名，保存到考生文件夹中。

2. 创建电子邮件：使用 Outlook Express 向 qiqnxiu@email.net 地址发送邮件。

邮件由主题、正文和附件组成。

（1）主题：connect。

（2）正文：系统调用 connect 允许一个 TCP 插口发起一个连接。

（3）正文字体设置："仿宋_GB2312"、字形"粗体"、大小"8"。

（4）附件：同正文一同发送文档，文件的路径为 C:\2002IE6\Unit6\connect.doc。

将邮件以 IE6.13-2.eml 为文件名，保存到考生文件夹中。

3. 邮件的发送、保存和拼写检查：对邮件进行拼写检查。

将设置后的"拼写检查"消息提示框拷屏，以 IE6.13-3.bmp 为文件名，保存到考生文件夹中。

4. 邮件服务器的设置：设置邮件"总要求发送阅读回执"。

将设置后的"选项"对话框中的"回执"选项卡拷屏，以 IE6.13-4.bmp 为文件名，保存到考生文件夹中。

5. 邮件的安全设置：添加"阻止发件人"名单，阻止所有来自"sex.net"域名的邮件。

将设置后的"邮件规则"对话框中的"阻止发件人"选项卡拷屏，以 IE6.13-5.bmp 为文件名，保存到考生文件夹中。

6. 使用、整理通讯簿：在通讯簿中新建一个名为"亲人"的文件夹。

将设置后的"属性"对话框拷屏，以 IE6.13-6.bmp 为文件名，保存到考生文件夹中。

7. 新闻组的设置、使用与管理：设置"删除新闻组中已读邮件的正文"，为"新闻邮件下载 2 天后即被删除"。

将设置后的"选项"对话框中的"维护"选项卡拷屏，以 IE6.13-7.bmp 为文件名，保存到考生文件夹中。

6.14 第 14 题

【操作要求】

1. 启动 Outlook Express、设置 Outlook Express 外观、创建邮件账户：设置 Outlook Express，将 Outlook Express 布局设置成如下图所示。

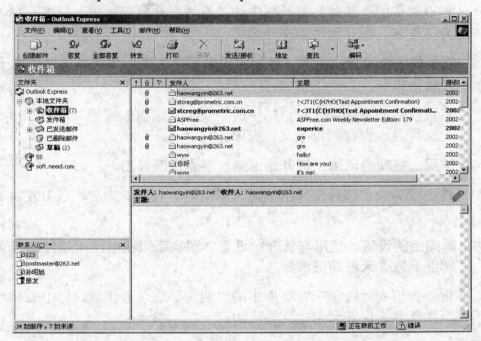

将 Outlook 外观拷屏，以 IE6.14-1.bmp 为文件名，保存到考生文件夹中。

2. 创建电子邮件：使用 Outlook Express 向 tong@email.net 地址发送邮件。

邮件由主题、正文和附件组成。

（1）主题：邮件炸弹。

（2）正文：邮件炸弹的表现有以下几种特征。

（3）正文字体设置："仿宋_GB2312"、字形"粗体"、大小"8"。

（4）附件：同正文一同发送文档，文件的路径为 C:\2002IE6\Unit6\boo.doc。

将邮件以 IE6.14-2.eml 为文件名，保存到考生文件夹中。

3. **邮件的发送、保存和拼写检查：对邮件进行拼写检查。**

将设置后的"拼写检查"消息提示框拷屏，以 IE6.14-3.bmp 为文件名，保存到考生文件夹中。

4. **邮件服务器的设置：设置"新邮件到达时发出声音"。**

将设置后的"选项"对话框中的"常规"选项卡拷屏，以 IE6.14-4.bmp 为文件名，保存到考生文件夹中。

5. **邮件的安全设置：设置"当别的应用程序试探用我的名义发送电子邮件时警告我"。**

将设置后的"选项"对话框中的"安全"选项卡拷屏，以 IE6.14-5.bmp 为文件名，保存到考生文件夹中。

6. **使用、整理通讯簿：打开通讯簿，将通讯簿导出。**

将设置后的"选择要导出至通讯簿文件"对话框拷屏，以 IE6.14-6.bmp 为文件名，保存到考生文件夹中。

7. **新闻组的设置、使用与管理：设置"删除新闻组中已读邮件的正文，为邮件下载 3 天后即被删除"。**

将设置后的"选项"对话框中的"阅读"选项卡拷屏，以 IE6.14-7.bmp 为文件名，保存到考生文件夹中。

6.15 第 15 题

【操作要求】

1. 启动 Outlook Express、设置 Outlook Express 外观、创建邮件账户：启动 Outlook Express，新建一邮件账户，名称为"武小叶"，邮件地址为 wuxiaoye@263.net，接收邮件服务器 pop.263.com，发送邮件服务器为 smtp.263.com，账户名为 wuxiaoye。下图为账户属性的"电子邮件地址"。

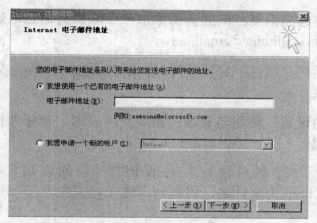

   将账户属性的"电子邮件地址"界面拷屏，以 IE6.15-1.bmp 为文件名，保存到考生文件夹中。

2. 创建电子邮件：使用 Outlook Express 向 tong@email.net 地址发送邮件。

   邮件由主题、正文和附件组成。

   （1）主题：上网。

   （2）正文：通过现存的电话线上网是目前最方便，最经济的方式。

   （3）正文字体设置："仿宋_GB2312"、字形"正常"、大小"8"。

   （4）附件：同正文一同发送文档，文件的路径为 C:\2002IE6\Unit6\上网.doc。

   将邮件以 IE6.15-2.eml 为文件名，保存到考生文件夹中。

3. 邮件的发送、保存和拼写检查：对邮件进行拼写检查。

   将"拼写检查"消息提示框拷屏，以 IE6.15-3.bmp 为文件名，保存到考生文件夹中。

4. **邮件服务器的设置：设置"所有发送的邮件都要求提供阅读回执"。**

将设置后的"选项"对话框中的"回执"选项卡拷屏，以 IE6.15-4.bmp 为文件名，保存到考生文件夹中。

5. **邮件的安全设置：设置"在所有待发邮件中添加数字签名"。**

将设置后的"选项"对话框中的"安全"选项卡拷屏，以 IE6.15-5.bmp 为文件名，保存到考生文件夹中。

6. **使用、整理通讯簿：向通信簿添加一个联系人信息，姓：荷，名：花，邮件地址：caihong@email.net。**

将设置后的"属性"对话框拷屏，以 IE6.15-6.bmp 为文件名，保存到考生文件夹中。

7. **新闻组的设置、使用与管理：新建新闻规则，若邮件行数超过 50 行，则做标记。**

将设置后的"邮件规则"对话框中"新闻规则"选项卡拷屏，以 IE6.15-7.bmp 为文件名，保存到考生文件夹中。

6.16　第 16 题

【操作要求】

1. **启动 Outlook Express、设置 Outlook Express 外观、创建邮件账户**：启动 Outlook Express，新建一邮件账户，名称为"赵效"，邮件地址为 zhaoxiao @njdx.net，接收邮件服务器 pop.njdx.com，发送邮件服务器为 smtp. njdx.com，账户名为 zhaoxiao。账户属性的"服务器"界面如下图所示。

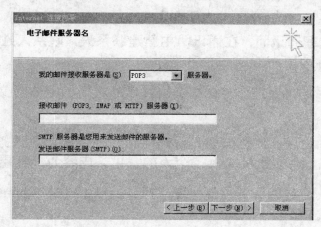

   将设置账户属性的"服务器"界面拷屏，以 IE6.16-1.bmp 为文件名，保存到考生文件夹中。

2. **创建电子邮件**：使用 Outlook Express 向 total@email.net 地址发送邮件。

   邮件由主题、正文和附件组成。

   （1）主题：通信。

   （2）正文：Internet 是通过 TCP/IP 协议进行网络通信的。

   （3）正文字体设置：字体为"宋体"，字形为"正常"，字号大小为"10"。

   （4）附件：同正文一同发送文档，文件的路径为 C:\2002IE6\Unit6\ tong.doc。

   （5）将邮件密抄给 gh122@new.com。

   将"通信"邮件书写窗口拷屏，以 IE6.16-2.bmp 为文件名，保存到考生文件夹中。

3. **邮件的发送、保存和拼写检查**：另存刚才完成的邮件。

   将邮件以 IE6.16-3.eml 为文件名，保存到考生文件夹中。

4. 邮件服务器的设置：设置"每隔 30 分钟检查一次新邮件"。

将设置后的"选项"对话框中的"常规"选项卡拷屏，以 IE6.16-4.bmp 为文件名，保存到考生文件夹中。

5. 邮件的安全设置：设置"选择要使用的 IE 安全区域"为"受限站点区域"。

将设置后的"选项"对话框中的"安全"选项卡拷屏，以 IE6.16-5.bmp 为文件名，保存到考生文件夹中。

6. 使用、整理通讯簿：在通讯簿中新建联系人，联系人姓"菊"，名"花"，电子邮件地址为 Juhua@263.net。

将设置后的"属性"对话框拷屏，以 IE6.16-6.bmp 为文件名，保存到考生文件夹中。

7. 新闻组的设置、使用与管理：新建新闻邮件，新闻服务器为 http://www.gcx.com，新闻组为 news：个人的意见，内容为：任重道远。

将"个人的意见"新闻邮件窗口拷屏，以 IE6.16-7.bmp 为文件名，保存到考生文件夹中。

6.17　第 17 题

【操作要求】

1. 启动 Outlook Express、设置 Outlook Express 外观、创建邮件账户：启动 Outlook Express，将 Outlook Express 的外观改为如下图所示。

　　将外观界面拷屏，以 IE6.17-1.bmp 为文件名，保存到考生文件夹中。

2. 创建电子邮件：使用 Outlook Express 向 wangcc@email.net 地址发送邮件。

　　邮件由主题、正文和附件组成。

　　（1）主题：超级链接。

　　（2）正文：建立了超级链接之后，请测试一下超级链接是否正常工作。

　　（3）正文字体设置："隶书"、字形"正常"、大小"12"。

　　（4）附件：同正文一同发送文档，文件的路径为 C:\2002IE6\Unit6 \ express.doc。

　　将"超级链接"邮件窗口拷屏，以 IE6.17-2.bmp 为文件名，保存到考生文件夹中。

3. 邮件的发送、保存和拼写检查：另存刚才完成的邮件。

　　将邮件以 IE6.17-3.eml 为文件名，保存到考生文件夹中。

4. **邮件服务器的设置：设置"新邮件到达时发出声音"。**

将设置后的"选项"对话框中的"常规"选项卡界面拷屏，以 IE6.17-4.bmp 为文件名，保存到考生文件夹中。

5. **邮件的安全设置：设置邮件优先级为"高优先级"。**

将设置后的邮件界面拷屏，以 IE6.17-5.bmp 为文件名，保存到考生文件夹中。

6. **使用、整理通讯簿：在通讯簿中新建一个组，组名为"成员"。**

将设置后的"属性"对话框拷屏，以 IE6.17-6.bmp 为文件名，保存到考生文件夹中。

7. **新闻组的设置、使用与管理：查看新闻组内容。**

将出现的"新闻服务器"列表拷屏，以 IE6.17-7.bmp 为文件名，保存到考生文件夹中。

6.18　第 18 题

【操作要求】

1. 启动 Outlook Express、设置 Outlook Express 外观、创建邮件账户：启动 Outlook Express，新建一邮件账户，名称为"小赵"，邮件地址为 xiaozhao @mail.net，接收邮件服务器 pop.mail.com，发送邮件服务器为 smtp.mail. com，账户名为 zhaoxiao。账户属性的"账户"界面如下图所示。

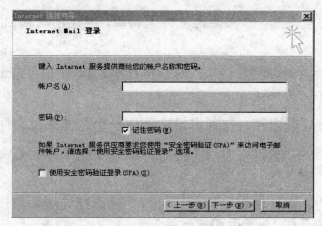

将账户属性的"账户"界面，以 IE6.18-1.bmp 为文件名，保存到考生文件夹中。

2. 创建电子邮件：使用 Outlook Express 向 wahh@xymail.net 地址发送邮件。

邮件由主题、正文和附件组成。

（1）主题：网页。

（2）正文：目前，在创建网页的各种方法中，使用网页编辑软件创建网页最为普遍。

（3）正文字体设置："仿宋_GB2312"、字形"粗体"、大小"8"。

（4）附件：同正文一同发送文档，文件的路径为 C:\2002IE6\Unit6\ page.doc。

（5）将邮件抄送给 nitmail@mail.com。

将邮件以 IE6.18-2.eml 为文件名，保存到考生文件夹中。

3．邮件的发送、保存和拼写检查：对邮件进行拼写检查。

将"拼写检查"消息提示框拷屏，以 IE6.18-3.bmp 为文件名，保存到考生文件夹中。

4．邮件服务器的设置：设置"所有发送的邮件要求提供阅读回执"。

将设置后的"选项"对话框中的"回执"选项卡拷屏，以 IE6.18-4.bmp 为文件名，保存到考生文件夹中。

5．邮件的安全设置：添加阻止发件人名单，阻止所有来自 sex.net 域名的邮件。

将设置后的"添加发件人"对话框拷屏，以 IE6.18-5.bmp 为文件名，保存到考生文件夹中。

6．使用、整理通讯簿：在通讯簿中新建一个文件夹，文件夹名为"同学"。

将设置后的"属性"对话框拷屏，以 IE6.18-6.bmp 为文件名，保存到考生文件夹中。

7．新闻组的设置、使用与管理：设置"删除新闻组中已读邮件的正文"，并"邮件下载 15 天后即被删除"。

将设置后的"选项"对话框中的"维护"选项卡拷屏，以 IE6.18-7.bmp 为文件名，保存到考生文件夹中。

6.19 第 19 题

【操作要求】

1. 启动 Outlook Express、设置 Outlook Express 外观、创建邮件账户：启动 Outlook Express，新建一邮件账户，名称为"游雨"，邮件地址为 youyu@ourmail.net，接收邮件服务器 pop.ourmail.com，发送邮件服务器为 smtp.ourmail.com，账户名为 youyu。Internet 账户列表如下图所示。

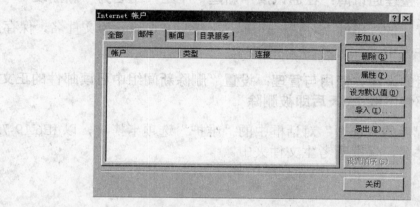

将设置后的"Internet 帐户"列表界面拷屏，以 IE6.19-1.bmp 为文件名，保存到考生文件夹中。

2. 创建电子邮件：使用 Outlook Express 向 dfbig@ourmail.net 地址发送邮件。

邮件由主题、正文和附件组成。

（1）主题：明月。

（2）正文：明月几时有，把酒问青天，不知天上宫阙，今夕是何年。

（3）正文字体设置："楷体"、字形"粗体"、大小"8"。

（4）附件：同正文一同发送图片，文件的路径为 C:\2002IE6\Unit6\moon.bmp。

将邮件以 IE6.19-2.eml 为文件名，保存到考生文件夹中。

3. 邮件的发送、保存和拼写检查：对邮件进行拼写检查。

将"拼写检查"消息提示框拷屏，以 IE6.19-3.bmp 为文件名，保存到考生文件夹中。

4. 邮件服务器的设置：设置邮件要求阅读回执。

将设置界面拷屏，以 IE6.19-4.bmp 为文件名，保存到考生文件夹中。

5. 邮件的安全设置：设置邮件的优先级为"高优先级"，并对邮件加密。

将邮件的书写界面拷屏，以 IE6.19-5.bmp 为文件名，保存到考生文件夹中。

6. 使用、整理通讯簿：在通讯簿中新建一个组，组名为"新朋友"。

将设置后的"属性"对话框拷屏，以 IE6.19-6.bmp 为文件名，保存到考生文件夹中。

7. 新闻组的设置、使用与管理：设置"删除新闻组中已读邮件的正文"，并"邮件下载 25 天后即被删除"。

将设置后的"选项"对话框中的"维护"选项卡拷屏，以 IE6.19-7.bmp 为文件名，保存到考生文件夹中。

6.20 第20题

【操作要求】

1. **启动 Outlook Express、设置 Outlook Express 外观、创建邮件账户：** 启动 Outlook Express，新建一邮件账户，名称为"木木"，邮件地址为 mumu@ourmail.net，接收邮件服务器 pop.ourmail.com，发送邮件服务器为 smtp.ourmail.com，账户名为 liuting。邮件账户界面如下图。

将设置后邮件账户界面拷屏，以 IE6.20-1.bmp 为文件名，保存到考生文件夹中。

2. **创建电子邮件：** 用 Outlook Express 向 qianlong@ourmail.net 地址发送邮件。

邮件由主题、正文和附件组成。

（1）主题：Telnet。

（2）正文：telnet 为客户机及服务器之间提供了交互式的字符传输。

（3）正文字体设置："宋体"、字形"粗体"、大小"10"。

（4）附件：同正文一同发送文档，文件的路径为 C:\2002IE6\Unit6\telnet.doc。

（5）将邮件的背景颜色设置为蓝色。

将 Telnet 邮件书写窗口拷屏，IE6.20-2.bmp 为文件名，保存到考生文件夹中。

3. **邮件的发送、保存和拼写检查：** 另存刚才完成的邮件。

将邮件以 IE6.20-3.eml 为文件名，保存到考生文件夹中。

4. **邮件服务器的设置：设置发送邮件"回复时包含原邮件"。**

将设置后的"选项"对话框中的"发送"选项卡拷屏，以 IE6.20-4.bmp 为文件名，保存到考生文件夹中。

5. **邮件的安全设置：使用邮件规则，设置若邮件正文中包含特定的词"赚钱"文字，则删除。**

将设置后的"邮件规则"对话框拷屏，以 IE6.20-5.bmp 为文件名，保存到考生文件夹中。

6. **使用、整理通讯簿：将一姓为菊，名为花，邮件地址为 juhua@263.net 的用户添加到用户的通讯簿中。**

将设置后的用户列表界面拷屏，以 IE6.20-6.bmp 为文件名，保存到考生文件夹中。

7. **新闻组的设置、使用与管理：设置阅读新闻"每次获得 10 个邮件标题"。**

将设置后的"选项"对话框中的"阅读"选项卡拷屏，以 IE6.20-7.bmp 为文件名，保存到考生文件夹中。

第七单元 召开网络会议

7.1 第 1 题

【操作要求】

1. **NetMeeting 设置**：启动 NetMeeting，在个人信息窗口中设置如下信息。

   姓：李

   名：强

   电子邮件地址：LQ@sohu.com

   位置：Beijing , China

   备注：李强的个人信息。

   将设置后的"个人信息"窗口拷屏，以 IE7.1-1.bmp 为文件名，保存到考生文件夹中。

2. **功能设置**：在"音频调节向导"|"测试音量"对话框中将播放音量调至滑块区域的正中间位置。

   将设置后的"音频调节向导"|"测试音量"对话框拷屏，以 IE7.1-2.bmp 为文件名，保存到考生文件夹中。

3. **会议设置**：主持一个会议，会议名称为"My Meeting"，设置只有您可以接收拨入呼叫、启用共享程序。

   将设置后的"主持会议"对话框拷屏，以 IE7.1-3.bmp 为文件名，保存到考生文件夹中。

4. **共享设置**：共享 Windows "附件"中的"计数器"软件，并设置自动接受控制请求。

   将设置后的"共享"对话框拷屏，以 IE7.1-4.bmp 为文件名，保存到考生文件夹中。

5. **交谈程序**：设置聊天时接收消息的字体为"宋体"，字体样式为"斜体"，字号为"小四"。

   将设置后的"字体"对话框拷屏，以 IE7.1-5.bmp 为文件名，保存到考生文件夹中。

6. **白板程序：在"白板"程序窗口中画一个红色的椭圆，并锁定该页。**

   将设置后的"白板"程序窗口拷屏，以 IE7.1-6.bmp 为文件名，保存到考生文件夹中。

7. **常用设置：设置我希望接到安全的拨入呼叫，当我不在会议中时，只接受安全呼叫。**

   将设置后的"选项"对话框中的"安全"选项卡拷屏，以 IE7.1-7.bmp 为文件名，保存到考生文件夹中。

7.2 第 2 题

【操作要求】

1. **NetMeeting 设置：启动 NetMeeting，在个人信息窗口中设置如下信息。**

   姓：孙
   名：浩北
   电子邮件地址：s_haobei@mail.net
   位置：Beijing,China
   将设置后的"个人信息"对话框拷屏，以 IE7.2-1.bmp 为文件名，保存到考生文件夹中。

2. **功能设置：设置启动 NetMeeting 时登录目录服务器 hero.lisoft.net。**

   将设置后的"选择服务器"对话框拷屏，以 IE7.2-2.bmp 为文件名，保存到考生文件夹中。

3. **会议设置：主持一个会议，名称为"Important"，设置只有您可以启用白板程序。**

   将设置后的"主持会议"对话框拷屏，以 IE7.2-3.bmp 为文件名，保存到考生文件夹中。

4. **共享设置：打开 C:\2002IE6\Unit7\重要会议.doc 文件，共享这个文件。**

   将设置后的"共享"对话框拷屏，以 IE7.2-4.bmp 为文件名，保存到考生文件夹中。

5. **常用设置：将交换文件中的接收文件夹更改为 C 盘根目录。**

   将更改文件夹过程中的"浏览文件夹"对话框拷屏，以 IE7.2-5.bmp 为文件名，保存到考生文件夹中。

6. **白板程序：启动"白板"程序，在画板中画一个红色矩形，并锁定该页。**

   将设置后的"白板"程序窗口拷屏，以 IE7.2-6.bmp 为文件名，保存到考生文件夹中。

7. **交谈程序：设置聊天程序的信息区中不显示发信时间。**

   将设置后的聊天程序的"选项"对话框拷屏，以 IE7.2-7.bmp 为文件名，保存到考生文件夹中。

7.3　 第 3 题

【操作要求】

1. NetMeeting 设置：启动 NetMeeting，在个人信息窗口中设置如下信息。

　　姓：皮
　　名：皮
　　电子邮件地址：pipi@mymail.com
　　位置：天津
　　将设置后的"个人信息"对话框拷屏，以 IE7.3-1.bmp 为文件名，保存到考生文件夹中。

2. 功能设置：查看 NetMeeting 的自述文件。

　　将自述文件窗口拷屏，以 IE7.3-2.bmp 为文件名，保存到考生文件夹中。

3. 会议设置：主持一个会议，名称为"PPP"，设置只有您可以接收拨入呼叫、启用白板和文件传送。

　　将设置后的"主持会议"对话框拷屏，以 IE7.3-3.bmp 为文件名，保存到考生文件夹中。

4. 共享设置：打开 C:\2002IE6\Unit7\ppp.doc 文件，共享这个文件，并设置用真彩色共享。

　　将设置后的"共享"对话框拷屏，以 IE7.3-4.bmp 为文件名，保存到考生文件夹中。

5. 常用设置：设置"自动接收呼叫"。

　　将设置后的"呼叫"菜单拷屏，以 IE7.3-5.bmp 为文件名，保存到考生文件夹中。

6. 白板程序：在"白板"程序中画一个黑色空心的椭圆，并锁定该页。

　　将设置后的"白板"程序窗口拷屏，以 IE7.3-6.bmp 为文件名，保存到考生文件夹中。

7. 交谈程序：设置聊天程序的信息区中显示"用户姓户"、"日期"、"时间"。

　　将设置后的聊天程序的"选项"对话框拷屏，以 IE7.3-7bmp 为文件名，保存到考生文件夹中。

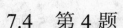

7.4 第4题

【操作要求】

1. **NetMeeting 设置**：启动 NetMeeting，在个人信息窗口中设置如下信息。

   姓：杨

   名：游

   电子邮件地址：sheepi@mymail.com

   位置：天津，中国

   将设置后的"个人信息"对话框拷屏，以 IE7.4-1.bmp 为文件名，保存到考生文件夹中。

2. **功能设置**：设置启动 NetMeeting 时登录目录服务器 www.meeting.com。

   将设置后的"选择服务器"窗口拷屏，以 IE7.4-2.bmp 为文件名，保存到考生文件夹中。

3. **会议设置**：主持一个会议，名称为"Person"，设置只有您可以接收拨入呼叫、启用文件传送。

   将设置后的"主持会议"对话框拷屏，以 IE7.4-3.bmp 为文件名，保存到考生文件夹中。

4. **共享设置**：共享 Windows "附件"中的"记事本"软件。

   将设置后的"共享"对话框拷屏，以 IE7.4-4.bmp 为文件名，保存到考生文件夹中。

5. **常用设置**：设置"我希望进行安全地拨出呼叫"。

   将设置后的"选项"对话框中的"安全"选项卡拷屏，以 IE7.4-5.bmp 为文件名，保存到考生文件夹中。

6. **白板程序**：在"白板"程序中，画一红色空心的椭圆，关闭远程指示器。

   将设置后的"白板"程序窗口拷屏，以 IE7.4-6.bmp 为文件名，保存到考生文件夹中。

7. **交谈程序**：设置聊天程序的信息区中显示"用户姓名"。

   将设置后的聊天程序的"选项"对话框拷屏，以 IE7.4-7.bmp 为文件名，保存到考生文件夹中。

7.5　第 5 题

【操作要求】

1. **NetMeeting 设置：启动 NetMeeting，在个人信息窗口中设置如下信息。**

   姓：赵　　　名：效　　　电子邮件地址：zhaoxiao@mymail.com

   位置：上海，中国

   备注：赵效向你问好。

   将设置后的"个人信息"对话框拷屏，以 IE7.5-1.bmp 为文件名，保存到考生文件夹中。

2. **功能设置：设置启动 NetMeeting 时登录目录服务器 ils1.microsoft.com。**

   将设置后的"选择服务器"窗口拷屏，以 IE7.5-2.bmp 为文件名，保存到考生文件夹中。

3. **会议设置：主持一个会议，名称为"Project"，设置只有您可以接收拨入呼叫、启用文件传送。**

   将设置后的"主持会议"对话框拷屏，以 IE7.5-3.bmp 为文件名，保存到考生文件夹中。

4. **共享设置：共享 Windows "附件"中的"画图"软件。**

   将设置后的"共享"对话框拷屏，以 IE7.5-4.bmp 为文件名，保存到考生文件夹中。

5. **常用设置：设置我希望进行安全地拨出呼叫。**

   将设置后的"选项"对话框中的"安全"选项卡拷屏，以 IE7.5-5.bmp 为文件名，保存到考生文件夹中。

6. **白板程序：在"白板"程序中画一个红色实心圆。**

   将设置后的"白板"程序窗口拷屏，以 IE7.5-6.bmp 为文件名，保存到考生文件夹中。

7. **交谈程序：设置聊天时接收消息的字体为"宋体"，字体样式为"斜体"，字号为"小三"。**

   将设置后的"字体"对话框拷屏，以 IE7.5-7.bmp 为文件名，保存到考生文件夹中。

7.6 第 6 题

【操作要求】

1. **NetMeeting 设置**：启动 NetMeeting，在个人信息窗口中设置如下信息。

   姓：阿　　　　　名：三

   电子邮件地址：three@mymail.com

   位置：重庆，中国

   备注：闪客。

   将设置后的"个人信息"对话框拷屏，以 IE7.6-1.bmp 为文件名，保存到考生文件夹中。

2. **功能设置**：设置在任务栏上显示 NetMeeting 图标。

   将设置后的"选项"对话框拷屏，以 IE7.6-2.bmp 为文件名，保存到考生文件夹中。

3. **会议设置**：主持一个会议，名称为"Security"，设置只有您可以接收拨入呼叫、启用共享程序。

   将设置后的"主持会议"对话框拷屏，以 IE7.6-3.bmp 为文件名，保存到考生文件夹中。

4. **共享设置**：共享 Windows "附件"中的"写字板"软件。

   将设置后的"共享"对话框拷屏，以 IE7.6-4.bmp 为文件名，保存到考生文件夹中。

5. **常用设置**：若改变了网络的连接方式，设置新的网络连接速度。

   将设置后的"网络带宽"对话框拷屏，以 IE7.6-5.bmp 为文件名，保存到考生文件夹中。

6. **白板程序**：启动"白板"程序，在画板中画一个红色实心椭圆。

   将设置后的"白板"程序窗口拷屏，以 IE7.6-6.bmp 为文件名，保存到考生文件夹中。

7. **交谈程序**：启动聊天程序，向谈天中的每一个人发出"你好！"。

   将设置后的"聊天"窗口拷屏，以 IE7.6-7.bmp 为文件名，保存到考生文件夹中。

7.7　第 7 题

【操作要求】

1. NetMeeting 设置：启动 NetMeeting，在个人信息窗口中设置如下信息。

   姓：田　　　　名：季　　　　电子邮件地址：tianji@dzyj.com
   位置：Beijing , China　　　　备注：详细情况咱俩细聊。

   将设置后的"个人信息"对话框拷屏，以 IE7.7-1.bmp 为文件名，保存到考生文件夹中。

2. 功能设置：在"音频调节向导"|"测试音量"对话框中将播放音量调至滑块区域的最大位置。

   将设置后的"音频调节向导"|"测试音量"对话框拷屏，以 IE7.7-2.bmp 为文件名，保存到考生文件夹中。

3. 会议设置：主持一个会议，名称为"Ping"，设置只有您可以接收拨入呼叫、启用共享程序。

   将设置后的"主持会议"对话框拷屏，以 IE7.7-3.bmp 为文件名，保存到考生文件夹中。

4. 共享设置：共享 Windows "附件"中的"计算器"软件。

   将设置后的"共享"对话框拷屏，以 IE7.7-4.bmp 为文件名，保存到考生文件夹中。

5. 常用设置：设置显示拨号盘。

   将设置后的 NetMeeting 窗口拷屏，以 IE7.7-5.bmp 为文件名，保存到考生文件夹中。

6. 白板程序：在"白板"程序中画一个红色的椭圆，并锁定该页。

   将设置后的"白板"程序窗口拷屏，以 IE7.7-6.bmp 为文件名，保存到考生文件夹中。

7. 交谈程序：设置聊天时接收消息的字体为"宋体"，字体样式为"斜体"，字号为"四号"。

   将设置后的"字体"对话框拷屏，以 IE7.7-7.bmp 为文件名，保存到考生文件夹中。

7.8 第 8 题

【操作要求】

1. **NetMeeting 设置：启动 NetMeeting，在个人信息窗口中设置如下信息。**

   姓：钱　　　名：扬
   电子邮件地址：qiant@mymail.com
   位置：中华人民共和国
   将设置后的"个人信息"对话框拷屏，以 IE7.8-1.bmp 为文件名，保存到考生文件夹中。

2. **功能设置：设置启动 NetMeeting 时登录目录服务器 www.mulu.net。**

   将设置后的"选择服务器"窗口拷屏，以 IE7.8-2.bmp 为文件名，保存到考生文件夹中。

3. **会议设置：主持一个会议，名称为"Exigent"，设置要求会议安全（只是数据），只有您可以启用聊天和文件传送。**

   将设置后的"主持会议"对话框拷屏，以 IE7.8-3.bmp 为文件名，保存到考生文件夹中。

4. **共享设置：打开 C:\2002IE6\Unit7\紧急.doc 文件，共享这个文件。**

   将设置后的"共享"对话框拷屏，以 IE7.8-4.bmp 为文件名，保存到考生文件夹中。

5. **常用设置：设置网络带宽为"28800 bps 或更快的调制解调器"。**

   将设置后的"网络带宽"对话框拷屏，以 IE7.8-5.bmp 为文件名，保存到考生文件夹中。

6. **白板程序：在"白板"程序中画一个黑色实心的椭圆，并锁定该页。**

   将设置后的"白板"程序窗口拷屏，以 IE7.8-6.bmp 为文件名，保存到考生文件夹中。

7. **交谈程序：设置聊天时接收消息的字体为："隶书"，字体样式为"常规"，字号为"五号"。**

   将设置后的"字体"对话框拷屏，以 IE7.8-7.bmp 为文件名，保存到考生文件夹中。

7.9　第 9 题

【操作要求】

1. **NetMeeting 设置**：启动 NetMeeting，在个人信息窗口中设置如下信息。

   姓：柯　　　　名：石　　　　电子邮件地址：kesi@mymail.com
   位置：中华人民共和国
   备注：大江东去，浪淘尽，千古风流人物。

   将设置后的"个人信息"对话框拷屏，以 IE7.9-1.bmp 为文件名，保存到考生文件夹中。

2. **功能设置**：设置启动 NetMeeting 时登录目录服务器。
   www.netmeetingqq.net。

   将设置后的"选择服务器"窗口拷屏，以 IE7.9-2.bmp 为文件名，保存到考生文件夹中。

3. **会议设置**：主持一个会议，名称为"Hello"，设置只有您可以发出播出呼叫、启用白板和文件传送。

   将设置后的"主持会议"对话框拷屏，以 IE7.9-3.bmp 为文件名，保存到考生文件夹中。

4. **共享设置**：打开 C:\2002IE6\Unit7\hello.doc 文件，并共享这个文件。

   将设置后的"共享"对话框拷屏，以 IE7.9-4.bmp 为文件名，保存到考生文件夹中。

5. **常用设置**：设置取消 NetMeeting 状态栏。

   将设置后的 NetMeeting 窗口拷屏，以 IE7.9-5.bmp 为文件名，保存到考生文件夹中。

6. **白板程序**：在"白板"程序中，画一个红色空心矩形，打开远程指示器。

   将设置后的"白板"程序窗口拷屏，以 IE7.9-6.bmp 为文件名，保存到考生文件夹中。

7. **交谈程序**：设置聊天程序的信息区中显示信息发出的时间。

   将设置后的聊天程序的"选项"对话框拷屏，以 IE7.9-7.bmp 为文件名，保存到考生文件夹中。

7.10　第 10 题

【操作要求】

1. NetMeeting 设置：**启动 NetMeeting，在个人信息窗口中设置如下信息。**

   姓：金　　名：大山　　　电子邮件地址：golden@mymail.com

   位置：中华人民共和国

   备注：我有一颗像金子一样的心。

   将设置后的"个人信息"对话框拷屏，以 IE7.10-1.bmp 为文件名，保存到考生文件夹中。

2. 功能设置：**设置启动 NetMeeting 时登录目录服务器 www.qqmeeting.net。**

   将设置后的"选择服务器"窗口拷屏，以 IE7.10-2.bmp 为文件名，保存到考生文件夹中。

3. 会议设置：**主持一个会议，名称为"Golden"，设置只有您可以接受播出呼叫、启用聊天和文件传送。**

   将设置后的"主持会议"对话框拷屏，以 IE7.10-3.bmp 为文件名，保存到考生文件夹中。

4. 共享设置：**打开 C:\2002IE6\Unit7\golden.doc 文件，并共享这个文件。**

   将设置后的"共享"对话框拷屏，以 IE7.10-4.bmp 为文件名，保存到考生文件夹中。

5. 常用设置：**设置每次呼叫开始时自动接收视频。**

   将设置后的"选项"对话框的"视频"选项卡拷屏，以 IE7.10-5.bmp 为文件名，保存到考生文件夹中。

6. 白板程序：**启动"白板"程序。**

   将设置后的"白板"程序窗口拷屏，以 IE7.10-6.bmp 为文件名，保存到考生文件夹中。

7. 交谈程序：**设置聊天时接收消息的字体为："隶书"，字体样式为"常规"，字号为"三号"。**

   将设置后的"字体"对话框拷屏，以 IE7.10-7.bmp 为文件名，保存到考生文件夹中。

7.11 第 11 题

【操作要求】

1. **NetMeeting 设置**：启动 NetMeeting，在个人信息窗口中设置如下信息。

   姓：钟　　名：石

   电子邮件地址：stone@mymail.com

   位置：中国

   将设置后的"个人信息"对话框，以 IE7.11-1.bmp 为文件名，保存到考生文件夹中。

2. **功能设置**：设置启动 NetMeeting 时登录目录服务器 www.5650.net。

   将设置后的"选择服务器"窗口拷屏，以 IE7.11-2.bmp 为文件名，保存到考生文件夹中。

3. **会议设置**：主持一个名称为"HJ"的会议，设置要求会议安全（只是数据），只有您可以启用文件传送。

   将设置后的"主持会议"对话框拷屏，以 IE7.11-3.bmp 为文件名，保存到考生文件夹中。

4. **共享设置**：打开 C:\2002IE6\Unit7\hj.doc 文件，共享这个文件，并设置用真彩色共享。

   将设置后的"共享"对话框拷屏，以 IE7.11-4.bmp 为文件名，保存到考生文件夹中。

5. **常用设置**：设置网络带宽为局域网。

   将设置后的"网络带宽"对话框拷屏，以 IE7.11-5.bmp 为文件名，保存到考生文件夹中。

6. **白板程序**：在"白板"程序中画一个红色实心正方形，并锁定该页。

   将设置后的"白板"程序窗口拷屏，以 IE7.11-6.bmp 为文件名，保存到考生文件夹中。

7. **交谈程序**：设置聊天时接收消息的字体为："宋体"，字体样式为"规则"，字号为"四号"。

   将设置后的"字体"对话框拷屏，以 IE7.11-7.bmp 为文件名，保存到考生文件夹中。

7.12 第 12 题

【操作要求】

1. **NetMeeting 设置**：启动 NetMeeting，在个人信息窗口中设置如下信息。

   姓：陈　　　　名：晓昊
   电子邮件地址：little@mymail.com
   位置：中国
   备注：一只小小网虫。

   将设置后的"个人信息"对话框拷屏，以 IE7.12-1.bmp 为文件名，保存到考生文件夹中。

2. **功能设置**：设置启动 NetMeeting 时登录目录服务器 www.youjin.net。

   将设置后的"选择服务器"窗口拷屏，以 IE7.12-2.bmp 为文件名，保存到考生文件夹中。

3. **会议设置**：主持一个会议，名称为"Yahoo"，设置要求会议安全（只是数据），只有您可以发出拨出呼叫、启用聊天程序。

   将设置后的"主持会议"对话框拷屏，以 IE7.12-3.bmp 为文件名，保存到考生文件夹中。

4. **共享设置**：共享 Windows "附件"中的"计算器"软件。

   将设置后的"共享"对话框拷屏，以 IE7.12-4.bmp 为文件名，保存到考生文件夹中。

5. **常用设置**：设置希望进行安全地拨出呼叫。

   将设置后的"选项"对话框的"安全"选项卡拷屏，以 IE7.12-5.bmp 为文件名，保存到考生文件夹中。

6. **白板程序**：启动"白板"程序，在画板中画任意一直线，设置锁定内容。

   将设置后的"白板"程序窗口拷屏，以 IE7.12-6.bmp 为文件名，保存到考生文件夹中。

7. **交谈程序**：打开聊天程序的帮助主题。

   将设置后的"帮助"窗口拷屏，以 IE7.12-7.bmp 为文件名，保存到考生文件夹中。

7.13 第 13 题

【操作要求】

1. NetMeeting 设置：启动 NetMeeting，在个人信息窗口中设置如下信息。

   姓：年　　　　名：货　　　　电子邮件地址：year@mymail.com

   将设置后的"个人信息"对话框拷屏，以 IE7.13-1.bmp 为文件名，保存到考生文件夹中。

2. 功能设置：设置启动 NetMeeting 时登录目录服务器 www.fileflag.com。

   将设置后的"选择服务器"窗口拷屏，以 IE7.13-2.bmp 为文件名，保存到考生文件夹中。

3. 会议设置：主持一个会议，名称为"Meeting"，设置要求会议安全（只是数据），只有您可以发出拨出呼叫、启用文件传送程序。

   将设置后的"主持会议"对话框拷屏，以 IE7.13-3.bmp 为文件名，保存到考生文件夹中。

4. 共享设置：打开 C:\2002IE6\Unit7\会议.doc 文件，共享这个文件，自动接受控制请求。

   将设置后的"共享"对话框拷屏，以 IE7.13-4.bmp 为文件名，保存到考生文件夹中。

5. 常用设置：设置我希望进行安全地拨入呼叫，当我不在会议中时，只接受安全呼叫。

   将设置后的"选项"对话框的"安全"选项卡拷屏，以 IE7.13-5.bmp 为文件名，保存到考生文件夹中。

6. 白板程序：启动"白板"程序，在画板中画三条蓝色直线，设置锁定内容。

   将设置后的"白板"程序窗口拷屏，以 IE7.13-6.bmp 为文件名，保存到考生文件夹中。

7. 交谈程序：设置聊天程序的消息格式为，在一行内显示整条信息。

   将设置后的聊天程序的"选项"对话框拷屏，以 IE7.13-7.bmp 为文件名，保存到考生文件夹中。

7.14 第 14 题

【操作要求】

1. **NetMeeting 设置**：启动 NetMeeting，在个人信息窗口中设置如下信息。

   姓：凌　　　　名：超　　　　电子邮件地址：ling@mymail.com
   位置：中国

   将设置后的"个人信息"对话框拷屏，以 IE7.14-1.bmp 为文件名，保存到考生文件夹中。

2. **功能设置**：在"音频调节向导"|"测试音量"对话框中将播放音量调至滑块区域的最左端。

   将设置后的"音频调节向导"|"测试音量"对话框拷屏，以 IE7.14-2.bmp 为文件名，保存到考生文件夹中。

3. **会议设置**：主持一个会议，名称为"Lingchao"，设置要求会议安全（只是数据），只有您可以发出拨出呼叫、启用文件传送程序。

   将设置后的"主持会议"对话框拷屏，以 IE7.14-3.bmp 为文件名，保存到考生文件夹中。

4. **共享设置**：打开 C:\2002IE6\Unit7\凌超.doc 文件，共享这个文件，自动接受控制请求。

   将设置后的"共享"对话框拷屏，以 IE7.14-4.bmp 为文件名，保存到考生文件夹中。

5. **常用设置**：设置"我希望进行安全的拨出呼叫"。

   将设置后的"选项"对话框的"安全"选项卡拷屏，以 IE7.14-5.bmp 为文件名，保存到考生文件夹中。

6. **白板程序**：在白板程序窗口中输入"大海"字样。

   将设置后的"白板"程序窗口拷屏，以 IE7.14-6.bmp 为文件名，保存到考生文件夹中。

7. **交谈程序**：设置在"聊天"中，消息格式为"自动换行"。

   将设置后的聊天程序的"选项"对话框拷屏，以 IE7.14-7.bmp 为文件名，保存到考生文件夹中。

7.15　第15题

【操作要求】

1. NetMeeting 设置：启动 NetMeeting，在个人信息窗口中设置如下信息。

   姓：曹　　名：重

   电子邮件地址：cao@mymail.com

   位置：中国

   备注：2003。

   将设置后的"个人信息"对话框拷屏，以 IE7.15-1.bmp 为文件名，保存到考生文件夹中。

2. 功能设置：设置启动 NetMeeting 时登录目录服务器 www.qqmeeting.net。

   将设置后的"选择服务器"窗口拷屏，以 IE7.15-2.bmp 为文件名，保存到考生文件夹中。

3. 会议设置：主持一个会议，名称为"Secret"，只有您可以发出拨出呼叫、启用聊天程序。

   将设置后的"主持会议"对话框拷屏，以 IE7.15-3.bmp 为文件名，保存到考生文件夹中。

4. 共享设置：打开 C:\2002IE6\Unit7\机密.doc 文件，共享这个文件，自动接受控制请求。

   将设置后的"共享"对话框拷屏，以 IE7.15-4.bmp 为文件名，保存到考生文件夹中。

5. 常用设置：设置启动全双工音频。

   将设置后的"选项"对话框的"音频"选项卡拷屏，以 IE7.15-5.bmp 为文件名，保存到考生文件夹中。

6. 白板程序：设置"白板"程序为不同步状态。

   将设置后的"白板"程序窗口拷屏，以 IE7.15-6.bmp 为文件名，保存到考生文件夹中。

7. 交谈程序：设置"聊天"窗口中不显示状态栏。

   将"聊天"程序窗口拷屏，以 IE7.15-7.bmp 为文件名，保存到考生文件夹中。

7.16　第 16 题

【操作要求】

1. NetMeeting 设置：启动 NetMeeting，在个人信息窗口中设置如下信息。

   姓：张　　　名：大山　　电子邮件地址：bigmountain@mymail.com
   位置：中国　　　　　　　备注：网络会议主持人。
   将设置后的"个人信息"对话框拷屏，以 IE7.16-1.bmp 为文件名，保存到考生文件夹中。

2. 功能设置：在"音频调节向导"|"测试音量"对话框中将播放音量调至滑块区域的中间位置。

   将设置后的"音频调节向导"|"测试音量"对话框拷屏，以 IE7.16-2.bmp 为文件名，保存到考生文件夹中。

3. 会议设置：做一个会议主持，会议名称为"Net"，设置要求会议安全（只是数据），并启用聊天和共享程序。

   将设置后的"主持会议"对话框拷屏，以 IE7.16-3.bmp 为文件名，保存到考生文件夹中。

4. 共享设置：打开 C:\2002IE6\Unit7\会议记录.doc 文件，共享这个文件，自动接受控制请求。

   将设置后的"共享"对话框拷屏，以 IE7.16-4.bmp 为文件名，保存到考生文件夹中。

5. 常用设置：交换文件设置中，更改接收文件的文件夹为 D 盘根目录。

   将设置后的"浏览文件夹"对话框拷屏，以 IE7.16-5.bmp 为文件名，保存到考生文件夹中。

6. 白板程序：在画板中画一蓝色正方形，并设置锁定内容。

   将设置后的"白板"窗口拷屏，以 IE7.16-6.bmp 为文件名，保存到考生文件夹中。

7. 交谈程序：设置聊天程序的信息区中显示发信日期。

   将设置后的聊天程序的"选项"对话框拷屏，以 IE7.16-7.bmp 为文件名，保存到考生文件夹中。

7.17   第 17 题

【操作要求】

1. NetMeeting 设置：**启动 NetMeeting，在个人信息窗口中设置如下信息。**

   姓：林　　　　名：小小　　　　电子邮件地址：little@mymail.com

   位置：中国　　　　　　　　　备注：主持。

   将设置后的"个人信息"对话框拷屏，以 IE7.17-1.bmp 为文件名，保存到考生文件夹中。

2. **功能设置：设置"在每次呼叫开始时自动接收视频"。**

   将设置后的"选项"对话框"视频"选项卡拷屏，以 IE7.17-2.bmp 为文件名，保存到考生文件夹中。

3. **会议设置：主持一个会议，名称为"you"，设置要求会议安全（只是数据），只有您可以接收拨入呼叫、启用聊天和文件共享程序。**

   将设置后的"主持会议"对话框拷屏，以 IE7.17-3.bmp 为文件名，保存到考生文件夹中。

4. **共享设置：共享 Windows"附件"中的"画图"软件。**

   将设置后的"共享"对话框拷屏，以 IE7.17-4.bmp 为文件名，保存到考生文件夹中。

5. **常用设置：打开文件传送中"已收到的文件夹"。**

   将文件夹浏览窗口拷屏，以 IE7.17-5.bmp 为文件名，保存到考生文件夹中。

6. **白板程序：启动"白板"程序，将屏幕上包含"我的电脑"的区域粘贴到白板上。**

   将设置后的"白板"程序窗口拷屏，以 IE7.17-6.bmp 为文件名，保存到考生文件夹中。

7. **交谈程序：设置聊天时接收消息的字体为："宋体"，字体样式为"常规"，字号为"二号"。**

   将设置后的"字体"对话框拷屏，以 IE7.17-7.bmp 为文件名，保存到考生文件夹中。

7.18　第18题

【操作要求】

1. NetMeeting 设置：启动 NetMeeting，在个人信息窗口中设置如下信息。

   姓：冯　　　名：蒙
   电子邮件地址：mengmeng@mymail.com
   位置：中国
   将设置后的"个人信息"对话框拷屏，以 IE7.18-1.bmp 为文件名，保存到考生文件夹中。

2. 功能设置：设置登录目录服务器 192.168.25.6，不列出我的名字。

   将设置后的对话框拷屏，以 IE7.18-2.bmp 为文件名，保存到考生文件夹中。

3. 会议设置：主持一个会议，名称为"Protect Animal"，要求会议安全（数据），只有您可以发出拨出呼叫、启用聊天、文件共享和文件传送程序。

   将设置后的"主持会议"对话框拷屏，以 IE7.18-3.bmp 为文件名，保存到考生文件夹中。

4. 共享设置：共享 C:\2002IE6\Unit7\报告.doc，设置自动接受控制请求。

   将设置后的"共享"对话框拷屏，以 IE7.18-4.bmp 为文件名，保存到考生文件夹中。

5. 常用设置：设置网络带宽为电缆，xDSL 或 ISDN。

   将设置后的"网络带宽"对话框拷屏，以 IE7.18-5.bmp 为文件名，保存到考生文件夹中。

6. 白板程序：启动"白板"程序，使用"选定窗口"工具，选定屏幕下方 Windows 启动栏，将其粘贴到白板上。

   将设置后的"白板"程序窗口拷屏，以 IE7.18-6.bmp 为文件名，保存到考生文件夹中。

7. 交谈程序：设置聊天程序的信息区中显示用户名和时间。

   将设置后的聊天程序的"选项"对话框拷屏，以 IE7.18-7.bmp 为文件名，保存到考生文件夹中。

7.19 第 19 题

【操作要求】

1. NetMeeting 设置：启动 NetMeeting，在个人信息窗口中设置如下信息。

   姓：卫　　名：国　　　　电子邮件地址：weizg@mymail.com
   位置：中国

   将设置后的"个人信息"对话框拷屏，以 IE7.19-1.bmp 为文件名，保存到考生文件夹中。

2. 功能设置：设置启动 NetMeeting 时登录目录服务器 202.112.25.3。不在目录服务器中列出我的名字。

   将设置后的"选择服务器"对话框拷屏，以 IE7.19-2.bmp 为文件名，保存到考生文件夹中。

3. 会议设置：主持一个会议，名称为"Talk"，设置只有您可以发出拨出呼叫、启用聊天、文件共享和文件传送程序。

   将设置后的"主持会议"对话框拷屏，以 IE7.19-3.bmp 为文件名，保存到考生文件夹中。

4. 共享设置：共享 Windows "附件"中的"写字板"软件，并设置自动接受控制请求。

   将设置后的"共享"对话框拷屏，以 IE7.19-4.bmp 为文件名，保存到考生文件夹中。

5. 常用设置：查看 NetMeeting 的自述文件。

   将自述文件窗口拷屏，以 IE7.19-5.bmp 为文件名，保存到考生文件夹中。

6. 白板程序：打开"白板"程序，画任意一条曲线，并打开远程指示。

   将设置后的"白板"程序窗口拷屏，以 IE7.19-6.bmp 为文件名，保存到考生文件夹中。

7. 交谈程序：设置聊天时接收消息的字体为"隶书"，字号为"五号"。

   将设置后的"字体"对话框拷屏，以 IE7.19-7.bmp 为文件名，保存到考生文件夹中。

7.20 第 20 题

【操作要求】

1. **NetMeeting 设置**：启动 NetMeeting，在个人信息窗口中设置如下信息。

   姓：魏　　　名：无及　　　电子邮件地址：weiwuji@mymail.com
   位置：中国　　　　　　备注：心灵的交流。

   将设置后的"个人信息"对话框拷屏，以 IE7.20-1.bmp 为文件名，保存到考生文件夹中。

2. **功能设置**：设置启动 NetMeeting 时登录目录服务器 202.113.23.1。

   将设置后的"选择服务器"对话框拷屏，以 IE7.20-2.bmp 为文件名，保存到考生文件夹中。

3. **会议设置**：主持一个会议，名称为"Happy"，设置只有您可以发出拨出呼叫、启用聊天程序。

   将设置后的"主持会议"对话框拷屏，以 IE7.20-3.bmp 为文件名，保存到考生文件夹中。

4. **共享设置**：打开 C:\2002IE6\Unit7\快乐.doc 文件，共享这个文件。

   将设置后的"共享"对话框拷屏，以 IE7.20-4.bmp 为文件名，保存到考生文件夹中。

5. **常用设置**：设置网络带宽为"28800bps 或更快的调制解调器"。

   将设置后的"网络带宽设置"对话框拷屏，以 IE7.20-5.bmp 为文件名，保存到考生文件夹中。

6. **白板程序**：启动"白板"程序，将屏幕上的 NetMeeting 窗口粘贴到白板上。

   将设置后的"白板"程序窗口拷屏，以 IE7.20-6.bmp 为文件名，保存到考生文件夹中。

7. **交谈程序**：设置聊天时接收消息的字体为"宋体"，字体样式为"常规"，字号为"二号"。

   将设置后的"字体"对话框拷屏，以 IE7.20-7.bmp 为文件名，保存到考生文件夹中。

第八单元　Internet 综合应用

8.1　第1题

【操作要求】

1. 以 Citttest 为用户名、test 为用户密码，登录 ftp://www.citttest.org。并从 ftp://www.citttest.org 站点的下载专区中下载名为"安全策略的制定.doc"的文件。

   将下载文件保存到考生文件夹中，并重命名为 IE8.1-1.doc。

2. 使用 IE6.0 浏览器访问站点 http://www.263.com，并在该站点中查找关于"手机"信息。

   将查询结果拷屏，以 IE8.1-2.BMP 为文件名，保存到考生文件夹中。

3. 通过 Telnet 访问域名为 bbs.isca.uiowa.edu 的 BBS 站点（端口号为 23）。

   将登录界面拷屏，以 IE8.1-3.bmp 为文件名，保存到考生文件夹中。

4. 利用 FrontPage Express 向导创建网页。（如下图所示）

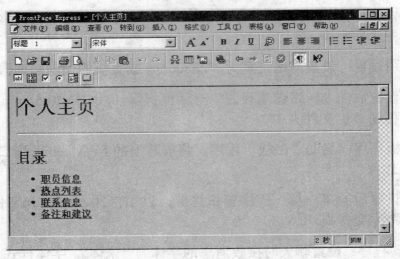

将新建网页以 IE8.1-4.htm 为文件名，保存到考生文件夹中。

8.2　第 2 题

【操作要求】

1. 以 Citttest 为用户名、test 为用户密码，登录 ftp://www.citttest.org。并从 ftp://www.citttest.org 站点的下载专区中下载名为"管理员.doc"的文件。

   将下载文件保存到考生文件夹中，并重命名为 IE8.2-1.doc。

2. 使用 IE6 浏览器访问清华大学网站（http://www.tsinghua.edu.cn），并查找该校计算机专业有哪几个硕士点。

   将查询结果拷屏，以 IE8.2-2.bmp 为文件名，保存到考生文件夹中。

3. 通过 Telnet 访问域名为 bbs.tsinghua.edu.cn 的 BBS 站点，端口为 telnet，终端类型为 vt100。

   将设置后的"连接"对话框拷屏，以 IE8.2-3.bmp 为文件名，保存到考生文件夹中。

4. 使用 FrontPage Express 创建普通网页，并在网页中写上"新网页"字样，将字体加粗、加斜，颜色设为"红色"。（如下图所示）

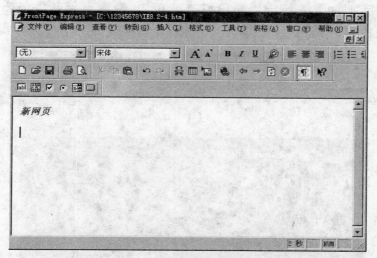

   将新建网页以 IE8.2-4.htm 为文件名，保存到考生文件夹中。

8.3　第 3 题

【操作要求】

1. 以 Citttest 为用户名、test 为用户密码，登录 ftp://www.citttest.org。并从 ftp://www.citttest.org 站点的下载专区中下载名为"安全管理.doc"的文件。

   将下载文件保存到考生文件夹中，并重命名为 IE8.3-1.doc。

2. 使用 IE6 浏览器访问搜索引擎 http://www.google.com，并在该站点中查找关键字为"查毒天王"的站点。

   将查找结果拷屏，以 IE8.3-2.bmp 为文件名，保存到考生文件夹中。

3. 通过 Telnet 访问域名为 bbs.tsinghua.edu.cn，端口为 telnet，终端类型为 vt100 的 BBS 站点。

   将设置后的"连接"对话框拷屏，以 IE8.3-3.bmp 为文件名，保存到考生文件夹中。

4. 打开题库中的网页，文件的路径为 C:\2002IE6\Unit8\new_page.htm，并在页面上加入一行字"我已打开此页"，设置页面背景色为"绿色"，文字颜色为"黄色"，字体为"宋体"。（如下图所示）

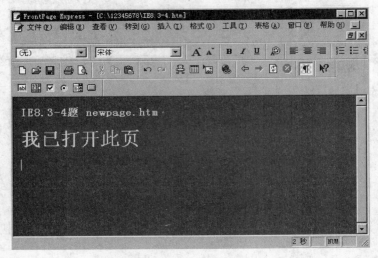

   将打开的网页以 IE8.3-4.htm 为文件名，保存到考生文件夹中。

8.4　第 4 题

【操作要求】

1. 以 Citttest 为用户名、test 为用户密码，登录 ftp://www.citttest.org。并从 ftp://www.citttest.org 站点的下载专区中下载名为"防火墙.doc"的文件。

   将下载文件保存到考生文件夹中，并重命名为 IE8.4-1.doc。

2. 使用 IE6 浏览器访问搜索引擎 http://e.pku.edu.cn，并在该站点中查找关键字为"研究生"的站点。

   将查找结果以 IE8.4-2.bmp 为文件名，保存到考生文件夹中。

3. 使用 Telnet 访问域名为 bbs.tsinghua.edu.cn 的 BBS 站点（端口为 telnet）。

   将登录界面拷屏，以 IE8.4-3.bmp 为文件名，保存到考生文件夹中。

4. 打开题库中的网页，文件的路径为 C:\2002IE6\Unit8\set_page.htm。设置网页字体格式，使页面字体为"隶书"，字形为"正常体"，大小为"6"。（如下图所示）

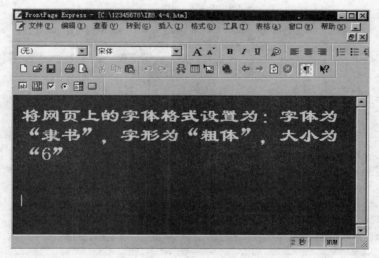

   将设置后的网页以 IE8.4-4.htm 为文件名，保存到考生文件夹中。

8.5　第 5 题

【操作要求】

1. 以 Citttest 为用户名、test 为用户密码，登录 ftp://www.citttest.org。并从 ftp://www.citttest.org 站点下载专区中下载名为"报告.doc"的文件。

   将下载文件保存到考生文件夹中，并重命名为 IE8.5-1.doc。

2. 用 IE6 浏览器访问搜索引擎 http://www.baidu.com，并在该站点中查找关键字为"军事与兵器"的站点。

   将查询结果拷屏，以 IE8.5-2.bmp 为文件名，保存到考生文件夹中。

3. 通过 Telnet 访问 IP 地址为 202.112.79.36 的 BBS 站点（端口为 telnet，终端类型为 vt100）。

   将登录界面拷屏，以 IE8.5-3.bmp 为文件名，保存到考生文件夹中。

4. 使用 FrontPage Express 新建一网页，并将 C:\2002IE6\Unit8\cloud2.jpg 插入网页。（如下图所示）

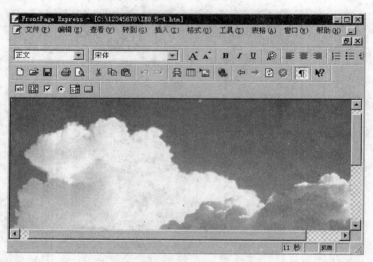

   将插入图片的网页，以 IE8.5-4.htm 为文件名，保存到考生文件夹中。

8.6　第 6 题

【操作要求】

1. 以 Citttest 为用户名、test 为用户密码，登录 ftp://www.citttest.org。并从 ftp://www.citttest.org 站点的下载专区中下载名为"路由器.doc"的文件。

   将下载文件保存到考生文件夹中，并重命名为 IE8.6-1.doc。

2. 使用 IE6 浏览器访问搜索引擎 http://www.google.com，并在该站点中查找名称为"信息安全"的站点。

   将查找结果拷屏，以 IE8.6-2.bmp 为文件名，保存到考生文件夹中。

3. 通过 Telnet 访问 IP 地址为 202.112.79.36 的 BBS 站点（端口为 telnet，终端类型为 DEC-VT100）。

   将设置后的"连接"对话框拷屏，以 IE8.6-3.bmp 为文件名，保存到考生文件夹中。

4. 使用 FrontPage Express 新建一网页，在网页中插入 4 行、5 列的表格，并相应加上 1~20 个数字。（如下图所示）

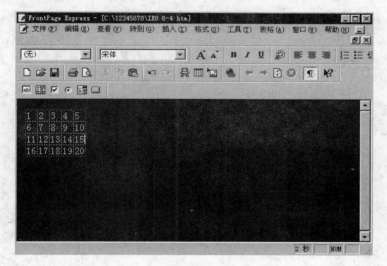

   将插入表格的网页，以 IE8.6-4.htm 为文件名，保存到考生文件夹中。

8.7　第 7 题

【操作要求】

1. 以 Citttest 为用户名、test 为用户密码，登录 ftp://www.citttest.org。并从 ftp://www.citttest.org 站点的下载专区中下载名为"路由.doc"的文件。

   将下载文件保存到考生文件夹中，并重命名为 IE8.7-1.doc。

2. 使用 IE6 浏览器访问搜索引擎 http://e.pku.edu.cn，并在该站点中查找名称为"新产品"的站点。

   将查询结果拷屏，以 IE8.7-2.bmp 为文件名，保存到考生文件夹中。

3. 在 Telnet 中设置终端选项为"块状光标"与"VT100 箭头"，仿真为"VT-52"。

   将设置后的"连接"对话框拷屏，以 IE8.7-3.bmp 为文件名，保存到考生文件夹中。

4. 使用 FrontPage Express 新建一网页，在网页中插入 C:\2002IE6\Unit8\Flower2.jpg。（如下图所示）

   将插入图像的网页，以 IE8.7-4.htm 为文件名，保存到考生文件夹中。

8.8　第 8 题

【操作要求】

1. 以 Citttest 为用户名、test 为用户密码，登录 ftp://www.citttest.org。并从地址为 ftp://www.citttest.org 服务器的下载专区上下载名为"论文摘要.doc"的文件。

   将下载文件保存到考生文件夹中，并重命名为 IE8.8-1.doc。

2. 使用 IE6 浏览器访问搜索引擎 http://www.baidu.com，并在该站点中查找名称为"新技术"的站点。

   将查询结果拷屏，以 IE8.8-2.bmp 为文件名，保存到考生文件夹中。

3. 通过 Telnet 访问 IP 地址为 192.168.25.6 的 BBS 站点（端口为 23，终端类型为 ansi）。

   将设置后的"连接"对话框拷屏，以 IE8.8-3.bmp 为文件名，保存到考生文件夹中。

4. 新建一网页，设置页面背景色为"青色"，文字颜色为"白色"，在页面插入 4 行、4 列的表格，并在第一格中加入 C:\2002IE6\Unit8\Un0014.bmp。（如下图所示）

   将插入表格的网页，以 IE8.8-4.htm 为文件名，保存到考生文件夹中。

8.9　第 9 题

【操作要求】

1. 以 Citttest 为用户名、test 为用户密码，登录 ftp://www.citttest.org。并从地址为 ftp://www.citttest.org 服务器的下载专区上下载名为"网络掩码.doc"的文件。

   将下载文件保存到考生文件夹中，并重命名为 IE8.9-1.doc。

2. 使用 IE6 浏览器访问搜索引擎 http://www.google.com，并在该站点中查找关键字为"奥运会"的站点。

   将查询结果拷屏，以 IE8.9-2.bmp 为文件名，保存到考生文件夹中。

3. 通过 Telnet 访问域名为 bbs.nankai.edu.cn 的 BBS 站点（端口号为 23）。

   将登录界面拷屏，以 IE8.9-3.bmp 为文件名，保存到考生文件夹中。

4. 新建一网页，在网页中插入 C:\2002IE6\Unit8\Flower3.jpg。在插入图片之后，将图片设置居页面之中。（如下图所示）

   将设置后的新网页，以 IE8.9-4.htm 为文件名，保存到考生文件夹中。

8.10 第 10 题

【操作要求】

1. 以 Citttest 为用户名、test 为用户密码，登录 ftp://www.citttest.org。并从地址为 ftp://www.citttest.org 服务器上的下载专区上下载名为"信息安全.doc"的文件。

   将下载文件保存到考生文件夹中，并重命名为 IE8.10-1.doc。

2. 使用 IE6 浏览器访问搜索引擎 http://e.pku.edu.cn，并在该站点中查找关键字为"网际互联"的站点。

   将查询结果拷屏，以 IE8.10-2.bmp 为文件名，保存到考生文件夹中。

3. 通过 Telnet 访问 IP 地址为 202.111.13.1 的 BBS 站点（端口号为 23）。

   将登录界面拷屏，以 IE8.10-3.bmp 为文件名，保存到考生文件夹中。

4. 新建一网页，在网页中插入 4 行、4 列的表格，设置表格：边框线宽度为"5"，单元格边距"10"，单元格间距"10"，居于页面之中。（如下图所示）

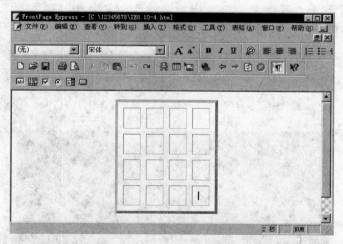

   将插入表格的网页，以 IE8.10-4.htm 为文件名，保存到考生文件夹中。

8.11　第 11 题

【操作要求】

1. 以 Citttest 为用户名、test 为用户密码，登录 ftp://www.citttest.org。并从 ftp://www.citttest.org 站点的下载专区上下载名为"匿名访问.doc"的文件。

   将下载文件保存到考生文件夹中，并重命名为 IE8.11-1.doc。

2. 使用 IE6 浏览器访问搜索引擎 http://www.baidu.com，并在该站点中查找关键字为"可视电话"的站点。

   将查询结果拷屏，以 IE8.11-2.bmp 为文件名，保存到考生文件夹中。

3. 通过 Telnet 访问域名为 bbs.bfjd.com，端口为 telnet，终端类型为 nasi 的 BBS 站点。

   将设置后的"连接"对话框拷屏，以 IE8.11-3.bmp 为文件名，保存到考生文件夹中。

4. 设计一网页，在网页中加入"新网页"文字，设置网页背景颜色"蓝色"，字体颜色为"黄色"，字体为"黑体"，字形为"正常体"，字号为"6"。（如下图所示）

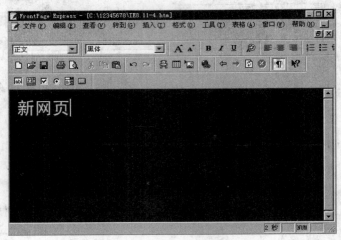

   将设计后的新网页，以 IE8.11-4.htm 为文件名，保存到考生文件夹中。

8.12　第 12 题

【操作要求】

1. 以 Citttest 为用户名、test 为用户密码，登录 ftp://www.citttest.org。并从 ftp://www.citttest.org 站点的下载专区上下载名为"摘要.doc"的文件。

   将下载文件保存到考生文件夹中，并重命名为 IE8.12-1.doc。

2. 使用 IE6 浏览器访问搜索引擎 http://www.google.com，并在该站点中查找关键字为"工程师"的站点。

   将查询结果拷屏，以 IE8.12-2.bmp 为文件名，保存到考生文件夹中。

3. 使用 Telnet 访问域名为 192.168.21.1 的 BBS 站点（端口 vt100）。

   将设置后的"连接"对话框拷屏，以 IE8.12-3.bmp 为文件名，保存到考生文件夹中。

4. 使用 FrontPage Express 新建一网页，在网页中加入"电子邮件"文字，并将"电子邮件"链接到 NewMail@263.net 地址上。（如下图所示）

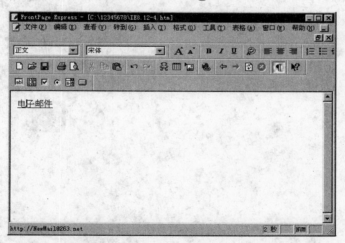

   将新网页以 IE8.12-4.htm 为文件名，保存到考生文件夹中。

8.13　第 13 题

【操作要求】

1. 以 Citttest 为用户名、test 为用户密码，登录 ftp://www.citttest.org。并从 ftp://www.citttest.org 站点的下载专区上下载名为"网钳.ppt"的文件。

   将下载文件保存到考生文件夹中，并重命名为 IE8.13-1.ppt。

2. 使用 IE6 浏览器访问搜索引擎 http://e.pku.edu.cn，并在该站点中查找关键字为"江河"的站点。

   将查询结果拷屏，以 IE8.13-2.bmp 为文件名，保存到考生文件夹中。

3. 通过 Telnet 访问域名为 bbs.hongying.net 的 BBS 站点（端口号为 23）。

   将设置后的"连接"对话框拷屏，以 IE8.13-3.bmp 为文件名，保存到考生文件夹中。

4. 新建网页，在网页中插入 C:\2002IE6\Unit8\Un0011.bmp 的图片，并将图片放置在页面的右侧。（如下图所示）

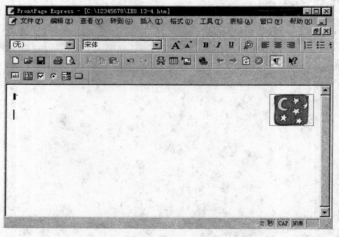

   将插入图片的网页，以 IE8.13-4.htm 为文件名，保存到考生文件夹中。

8.14　第 14 题

【操作要求】

1. 以 Citttest 为用户名、test 为用户密码，登录 ftp://www.citttest.org。并从 ftp://www.citttest.org 站点的下载专区上下载名为"双绞线.ppt"的文件。

   将下载文件保存到考生文件夹中，并重命名为 IE8.14-1.ppt。

2. 使用 IE6 浏览器访问搜索引擎 http://www.baidu.com，并在该站点中查找关键字为"房地产"的站点。

   将查询结果拷屏，以 IE8.14-2.bmp 为文件名，保存到考生文件夹中。

3. 将 Telnet 活动捕获到日志文件中，创建 Telnet 日志文件。

   将创建的日志文件以 IE8.14-3.log 为文件名，保存到考生文件夹中。

4. 设计一网页，使页面背景颜色为"绿色"，链接后的文字颜色为"黄色"，并加入"联系地址"文字，使"联系地址"与邮件 CaiHong@microsoft.com 链接。（如下图所示）

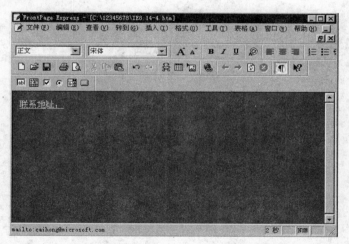

   将设计后的新网页，以 IE8.14-4.htm 为文件名，保存到考生文件夹中。

8.15　第 15 题

【操作要求】

1. 以 Citttest 为用户名、test 为用户密码，登录 ftp://www.citttest.org。并从 ftp://www.citttest.org 站点的下载专区上下载名为"水晶头.ppt"的文件。

   将下载文件保存到考生文件夹中，并重命名为 IE8.15-1.ppt。

2. 使用 IE6 浏览器访问搜索引擎 http://www.google.com，并在该站点中查找名称为"求职"的站点。

   将查询结果拷屏，以 IE8.15-2.bmp 为文件名，保存到考生文件夹中。

3. 设置过 Telnet 访问终端的背景颜色。

   将设置后的"终端首选设置"对话框拷屏，以 IE8.15-3.bmp 为文件名，保存到考生文件夹中。

4. 新建一网页，在网页中加入"电子邮件"文字，并将"电子邮件"链接到 NewMail@263.net 地址上。（如下图所示）

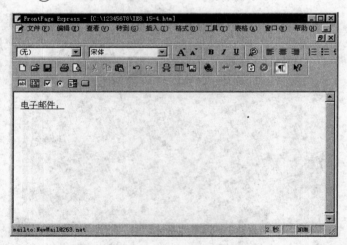

   将新网页以 IE8.15-4.htm 为文件名，保存到考生文件夹中。

8.16　第 16 题

【操作要求】

1. 以 Citttest 为用户名、test 为用户密码，登录 ftp://www.citttest.org。并从 ftp://www.citttest.org 站点的下载专区上下载名为"身份鉴别.doc"的文件。

   将下载文件保存到考生文件夹中，并重命名为 IE8.16-1.doc。

2. 使用 IE6 浏览器访问搜索引擎 http://e.pku.edu.cn，并在该站点中查找关于"计算机技能培训"的站点。

   将查询结果拷屏，以 IE8.16-2.bmp 为文件名，保存到考生文件夹中。

3. 通过 Telnet 访问域名为 www.bhp.com.cn 的 BBS 站点（端口号为 23）。

   将设置后的"连接"对话框拷屏，以 IE8.16-3.bmp 为文件名，保存到考生文件夹中。

4. 新建网页，在网页中加入"链接"文字并与 C:\2002IE\Unit8\link_page.htm 文件链接。（如下图所示）

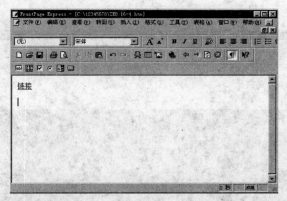

   将新建的网页，以 IE8.16-4.htm 为文件名，保存到考生文件夹中。

8.17　第 17 题

【操作要求】

1. 以 Cittest 为用户名、test 为用户密码，登录 ftp://www.citttest.org。并从 ftp://www.citttest.org 站点的下载专区上下载名为"网络的连接.ppt"的文件。

   将下载文件保存到考生文件夹中，并重命名为 IE8.17-1.ppt。

2. 使用 IE6 浏览器访问搜索引擎 http://www.baidu.com，并该站点中查找关于"计算机等级考试"的站点。

   将查询结果拷屏，以 IE8.17-2.bmp 为文件名，保存到考生文件夹中。

3. 通过 Telnet 访问域名为 bbs.bhp.com.cn 的 BBS 站点（端口号为 23）。

   将设置后的"连接"对话框拷屏，以 IE8.17-3.bmp 为文件名，保存到考生文件夹中。

4. 新建网页，设置页面背景色为"深红色"，链接后的文字颜色为"白色"，在网页中加入"与希望链接"文字并与 http://www.bhp.com 链接。（如下图所示）

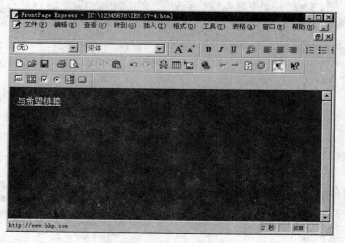

   将新建的网页以 IE8.17-4.htm 为文件名，保存到考生文件夹中。

8.18 第 18 题

【操作要求】

1. 以 Citttest 为用户名、test 为用户密码，登录 ftp://www.citttest.org。并从 ftp://www.citttest.org 的下载专区上下载名为 "网卡.ppt" 的文件。

   将下载文件保存到考生文件夹中，并重命名为 IE8.18-1.ppt。

2. 使用 IE6 浏览器访问搜索引擎 http://www.google.com，并在该站点中查找名称为 "网络教学" 的站点。

   将查询结果拷屏，以 IE8.18-2.bmp 为文件名，保存到考生文件夹中。

3. 通过 Telnet 访问域名为 bbs.bhp.com.cn 的 BBS 站点（端口为 vt100）。

   将设置后的 "连接" 对话框拷屏，以 IE8.18-3.bmp 为文件名，保存到考生文件夹中。

4. 新建一网页，在网页中加入 "我的新网页" 文字，设置字体格式，使页面字体为 "隶书"，字形为 "正常"，大小为 "6"，字体颜色为 "深红色"。（如下图所示）

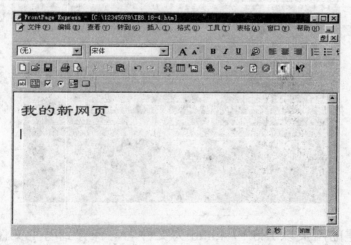

   将新建的网页以 IE8.18-4.htm 为文件名，保存到考生文件夹中。

8.19　第 19 题

【操作要求】

1．以 Citttest 为用户名、test 为用户密码，登录 ftp://www.citttest.org。并从 ftp://www.citttest.org 的下载专区上下载名为"代理服务器.doc"的文件。

　　将下载文件保存到考生文件夹中，并重命名为 IE8.19-1.doc。

2．使用 IE6 浏览器访问搜索引擎 http://e.pku.edu.cn，并在该站点中查找关键字为"网络文学"的站点。

　　将查询结果拷屏，以 IE8.19-2.bmp 为文件名，保存到考生文件夹中。

3．通过 Telnet 访问域名为 bbs.bhp.com.cn 的 BBS 站点（端口为 telnet）。

　　将设置后的"连接"对话框拷屏，以 IE8.19-3.bmp 为文件名，保存到考生文件夹中。

4．新建网页，在网页中插入 5 行、5 列的表格，并设置网页的背景色为"蓝色"。（如下图所示）

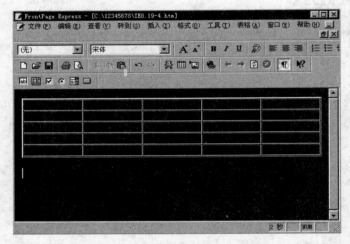

　　将新建的网页以 IE8.19-4.htm 为文件名，保存到考生文件夹中。

8.20　第 20 题

【操作要求】

1. 以 Citttest 为用户名、test 为用户密码，登录 ftp://www.citttest.org。并从地址为 ftp://www.citttest.org 服务器的下载专区上下载名为"集线器.ppt"文件。

   将下载文件保存到考生文件夹中，并重命名为 IE8.20-1.ppt。

2. 使用 IE6 浏览器访问搜索引擎 http://www.baidu.com，并在该站点中查找关键字为"扫描仪"的站点。

   将查询结果拷屏，以 IE8.20-2.bmp 为文件名，保存到考生文件夹中。

3. 通过 Telnet 访问域名为 bbs.hjggf.com 的 BBS 站点（端口号为 23）。

   将设置后的"连接"对话框拷屏，以 IE8.20-3.bmp 为文件名，保存到考生文件夹中。

4. 新建一网页，在网页中插入 1 行、1 列的表格，并在其中加入"我的新网页"文字，设置页面文字颜色为"红色"，页面的背景色为"黄色"。（如下图所示）

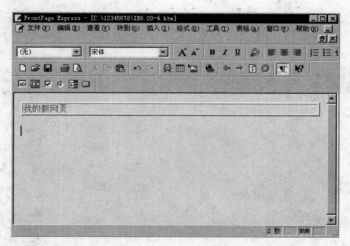

   将新建的网页以 IE8.20-4.htm 为文件名，保存到考生文件夹中。